当代著名作家及学者年谱系列

林建法 主编

陈思和学术教育年谱

金 理 ◎ 著

华东师范大学出版社

1990年代　与贾植芳先生（右）

1990年代初 与巴金(左一)、李辉(左二)

陈思和著作书影·编年体文集

陈思和著作书影·巴金研究系列

一个知识分子,

如果对当代生活没有激情,没有热望,没有痛苦,没有难言的隐衷,

那么,他的知识,他的学问,他的才华,

都会成为一些零星而没有生命力的碎片;

文学研究虽然不同于文学创作,

但在冷静的学术研究背后,

仍然需要精神上的热情支持。

(陈思和:《方法、激情、材料:与友人谈〈中国新文学整体观〉》,刊《书林》1988年第7期)

序言

记得三十年以前,我刚入复旦大学中文系读书的时候,章培恒先生出版了他的第一部著作《洪昇年谱》,受到学界高度好评。直至今天,我在百度上搜索书名,还会跳出这样的评价:"该书不仅首次全面细致地胪列了谱主的家世背景、个人遭际、思想著述、亲友关系等,还就洪氏'家难'、洪昇对清廷的态度以及演《长生殿》之祸等诸多有争议的问题提出了一系列独到见解,将洪昇生平及其剧作研究推进了一大步。"依我看,编制年谱,功在三个方面:一是详细考订谱主家世背景、个人遭际、思想著述、亲友关系等史料;二是对于谱主经历的历史事件的深入探究;三是对其人其书的整体研究的推进。那时我在学校里接受的教育是，年谱编撰是最花时间最吃功夫，同时也是最具有学术价值的一种治学方法。研究者在学术上的真知灼见被不动声色地编织在资料选择和铺陈中，而不像有些学术明星，凭着胆子大就可以胡说八道。后来章先生指导研究生研究古代文学，也是先从研究作家着手，而研究作家先要从编撰年谱着手，于是就有了一套题为《新编明人年谱丛刊》的年谱系列，这套书至今仍是我最珍爱的藏书之一。

章培恒先生的导师蒋天枢先生，曾在清华研究院国学门受过陈寅恪、梁启超等名师指点，蒋先生晚年，受陈寅恪先生的嘱托，放下自己的许多著述不做，集中精力整理恩师的遗著。一套书干干净净地出版了，最后一本是蒋先生编订的《陈寅恪先生编年事辑》，用年谱形式，把陈先生一生的著述活动都保存下来，没有一句花里胡哨的空洞之言。后来缪托陈先生知己的学人名流有的是，却没有一个在陈先生受到困厄之苦时候"独来南海吊残秋"的。这些流传在复旦校园里的故事，既告诉我们如何做学问，也告诉我们如何做一个知识分子。

倒也不是说，做年谱就是有真学问，谈理论就不是真学问。章先生后来也是从史料考辨走出来,偏重学理史识,成为一位被人敬重的文史大家。但是我们从蒋先生到章先生再到章门弟子的传承中可以看到,编制编年事辑(年谱)成为他们学术训练的一个基本方法。古代文学研究如此,现代文学研究也是如此。我早年追随贾植芳先生研究中外文学关系,先生首先就指示我从搜集的大量资料中编撰一份"外来思潮、流派和理论在中国现代文学史上的影响"的大事年表,罗列西方诸思潮流派在中国传播影响的编年记录;这份年表有六万多字,把这一时期中外文学交流关系的来龙去脉基本上都弄清楚了。后来我写作《中国新文学整体观》里使用的材料观点,基本上得益于这份大事年表。所以我一直坚持这样的想法,培养研究生治学研究,从作家研究,或者具体问题研究起步,收集资料,编撰年谱或者编年事辑,是最好的训练方法。研究者的研究方法、学术观点,都由此而生;为后来者的研究,也提供了一份绕不过去的研究成果。

可惜这种扎实的学术风气,到了20世纪90年代以后,在高校的研究生培养中渐渐式微,一些似是而非、华而不实的流行理论、外来术语、教条形式都开始泛滥,搞乱了青年学子的求知心路,也破坏了良好求实的学风。现当代文学研究领域尤其严重。今林建法先生受聘于常熟理工学院,担纲校特聘教授与《东吴学术》执行主编。林先生从事文学编辑三十余年,对于学界时弊看得清清楚楚,他首倡编撰当代作家学者年谱,为当代文学研究提供一份作家学者的年谱资料,也为学科发展提供信史。我赞成他的提倡,这个建议不仅有利于当代文学学科基础的夯实,也为研究生的学术训练、学风培养开拓了一条有效的道路。

《东吴学术》年谱丛书(当代著名作家及学者年谱系列)由华东师范大学出版社出版,这是一个良好的开端,我希望这套丛书在林建法先生的主持下能够坚持若干年,不断开拓选题,为当代文学研究奠定坚实的基础。

2014 年 4 月 19 日写于鱼焦了斋

2017 年 4 月修订

目录

序言 / 1

1954 年　出生到一岁 / 1

1955 年　二岁 / 1

1956 年　三岁 / 2

1958 年　五岁 / 3

1960 年　七岁 / 4

1966 年　十三岁 / 4

1967 年　十四岁 / 5

1968 年　十五岁 / 5

1969 年　十六岁 / 7

1970 年　十七岁 / 9

1972 年　十九岁 / 11

1974 年　二十一岁 / 11

1976 年　二十三岁 / 12

1977 年　二十四岁 / 13

1978 年　二十五岁 / 13

1979 年　二十六岁 / 15

1980 年　二十七岁 / 16

1981 年　二十八岁 / 17

1982 年　二十九岁 / 17

1983 年　三十岁 / 19

1984 年　三十一岁 / 19

1985 年　三十二岁 / 21

1986 年　三十三岁 / 24

1987年 三十四岁 / 28	2006年 五十三岁 / 113
1988年 三十五岁 / 31	2007年 五十四岁 / 116
1989年 三十六岁 / 39	2008年 五十五岁 / 120
1990年 三十七岁 / 43	2009年 五十六岁 / 123
1991年 三十八岁 / 44	2010年 五十七岁 / 129
1992年 三十九岁 / 51	2011年 五十八岁 / 139
1993年 四十岁 / 54	2012年 五十九岁 / 141
1994年 四十一岁 / 61	2013年 六十岁 / 146
1995年 四十二岁 / 67	2014年 六十一岁 / 150
1996年 四十三岁 / 73	
1997年 四十四岁 / 78	附录 陈思和著述目录 / 152
1998年 四十五岁 / 80	(一)编年体文集 / 152
1999年 四十六岁 / 82	(二)文学史研究论著和
2000年 四十七岁 / 85	教材 / 181
2001年 四十八岁 / 91	(三)巴金研究论著 / 213
2002年 四十九岁 / 94	(四)自选集 / 222
2003年 五十岁 / 98	(五)选集(他人编选) / 242
2004年 五十一岁 / 101	(六)文学对话录(陈思和
2005年 五十二岁 / 105	主持) / 248

（七）文学创作 / 252

（八）图传 / 256

（九）主编或合编的单行

  本（主要）/ 256

（十）主要策划丛书

系列 / 258

（十一）主编文学刊物 / 260

后记 / 261

1954年 出生到一岁

1月28日,农历癸巳年腊月二十四,出生于上海一户平民家庭。祖籍广东番禺。

父亲陈宝璋先生(1913—1976),时任上海东亚大饭店公方经理;母亲朱麟梅女士(1929—2002),1956年后担任上海市第二商业局电话接线员。

幼年居住于上海金华街。留下的记忆是:"金华路全长不足五百步,宽不足十五步,一端连接南京路,正面对着时装公司(先施公司);一端连接九江路,顶头就是大舞台剧场,东面是华联商厦(永安公司),西面是一排旧式的住房,我就出生在那里,一间不知属于什么类型的房子里。"①

1955年 二岁

年底,父亲响应"支援西北新兴城市建设"的号召而

---

① 陈思和:《上海的旧居》,《黑水斋漫笔》,成都:四川人民出版社1997年版,第251页。

远赴西安工作。从此,母亲毅然挑起抚育子女辛勤持家的重担,"在我们做子女的印象里,妈妈历来是家庭的主心骨,她像一棵大树一样为我们挡掉了许多风沙暴雨,保证我们不受社会侵害而健康成长"。①

1956年 三岁

由外祖父和外祖母来照看。外祖父朱福炎先生(1903—1972)是一个很有趣的老人,他收集了一套画着《水浒》人物的旧香烟牌子,一张张贴在窗下的墙壁上,每天给陈思和喂饭的时候,就指着墙上的人物兴致勃勃地讲故事。于是,陈思和三岁就可以把一百零八将连绰号带姓名背得滚瓜烂熟。"开蒙方两岁,按图识西游。一百单八将,英雄诵如流。"②

因为居家临近大舞台剧场,从小在锣鼓声中长大,慢

---

① 陈思和:《平安的祈祷》,《草心集》,广州:广东教育出版社2004年版,第2—3页。
② 陈思和:《自述两百字奉友人》,《鱼焦了斋诗稿初编》,桂林:漓江出版社2013年版,第49页。

慢培养起对传统文化的爱好。

1958 年　五岁

中国现代历史之舟已经风风雨雨地驶过反右运动、大跃进等一系列的"坎",开始朝三年困难时期的"大饥饿"航行。这一年随外祖父一家搬迁到上海虹口区广中新村居住。家境越来越差,但窘迫的家境从未影响对童年生活的美好回忆,回忆里外祖父经常携带着到处游逛,"漫无目标地在太阳光下乱走,使我这个从小在城市里长大的孩子认识了大自然孕育的各种可爱的生命。我学会了摘桑叶养蚕,钻草丛捉蟋蟀和小河里捞鱼虫"。①

陈思和的两个妹妹,大妹陈思平生于 1955 年,小妹陈思联生于 1958 年。

---

① 陈思和:《上海的旧居》,《黑水斋漫笔》,成都:四川人民出版社 1997 年版,第 262 页。

1960 年　七岁

读小学,外祖父给灌输了一脑子的悬梁刺股故事,"我习惯了黎明即起,温习课文"。①

家附近有一家酱园,经常去看工人们制作酱菜,看到光脚丫踩出来的咸菜,以为不卫生。外祖父就开导他,人的身体是最干净的,人脚踩出来的咸菜就像用手包的饺子,有人气。"外祖父说的'人气',是指人的气味,用今天的话说,就是有了人的生命信息在里头了。这些教诲,对我后来的精神成长有很大的帮助。"②

1966 年　十三岁

全家搬到杨浦区黄兴路(当时称为宁国北路)"凤凰

---

① 陈思和:《上海的旧居》,《黑水斋漫笔》,成都:四川人民出版社1997年版,第263页。
② 陈思和:《1966—1970:暗淡岁月》,上海:上海书店出版社2013年版,第28页。该自传曾陆续发表在《杨树浦文艺》杂志上。

村"。时"文革"爆发,高考制度被废除。是年小学毕业。目睹邻居老方一家的悲惨遭遇。

1967年 十四岁

11月,进入靖南中学。"文革"中无法接受完整的中学教育,"惟在市井民间受到自发的启蒙教育和文化熏陶"。①

百无聊赖中开始读《水浒》,外祖父担当起最好的辅导教师,认真解读《水浒》中各种人情世故,并且渗透了其自己的人生经验。此后在外祖父辅导下阅读了《荡寇志》、《水浒后传》,慢慢地,开始读越来越多的旧小说,包括《三国演义》、《西游记》、《三侠五义》、《红楼梦》等。

1968年 十五岁

作为长子,担当起家里的"主管"任务,"那时学校里

---

① 陈思和:《三十年治学生活回顾——陈思和三十年集序》,《当代作家评论》2009年第3期。

闹革命,斗教师,外祖父坚决不让我到学校参加任何活动","反正也闲着无事,妈妈就把每月大约60元钱交给我,由我来负责开销这个家,上有外祖父和外祖母,下有两个妹妹,一家的柴米油盐酱醋和三顿饭菜安排全要管"。①

"文革"期间看了很多批判电影,如《早春二月》、《林家铺子》、《舞台姐妹》、《不夜城》、《阿诗玛》、《北国江南》、《红日》……为这些电影着迷,"随着一部一部'批判电影'的放映,在我的眼前渐渐展露出一个与粗暴的现实世界完全对立的、澄明而丰富的电影艺术世界,也渐渐地接触到现代文学的信息,……通过电影我对文学产生极大的兴趣,开始去寻找这类文学作品去阅读,开始感受到中国现代文学所蕴含的丰富的艺术力量,自觉地成为一个文学的爱好者"。②

冬,中学里组织"学工",被安排去靠近吴淞口的上海

---

① 陈思和:《上海的旧居》,《黑水斋漫笔》,成都:四川人民出版社1997年版,第268—269页。
② 陈思和:《1966—1970:暗淡岁月》,上海:上海书店出版社2013年版,第93—94页。

第五钢铁厂劳动两个星期,在此过程中"有机会看到整个车间的全貌,在我充满好奇的幼稚眼光里,这是一幅波澜壮阔的劳动生产的宏图。车间里光线昏暗,一排排机器都有条不紊地工作,行车在上面来来回回地行驶,工人在下面各种岗位上劳动,人来车往,整个车间就像是一座庞大的机器,包括人和机器在内的所有物体都是机器构造中的各个部件,配合得如此有序和完美。那一刻我突然感动起来,意识到这就是一种集体主义的力量"。① 日后忆及这次"学工"的影响时说:"我后来的人生道路上,对社会抱有善意和积极参与,相信有一种努力可以使我们变得更加完美,起点都是在这次学工劳动。"②

1969年 十六岁

"文革"是一个毁灭文化的时代,唯有鲁迅著作与毛

---

① 陈思和:《1966—1970:暗淡岁月》,上海:上海书店出版社2013年版,第163页。
② 陈思和:《1966—1970:暗淡岁月》,上海:上海书店出版社2013年版,第166页。

泽东诗词成为人们通向文化学习的渠道。通过对毛泽东的诗词进行诵读而逐渐喜欢上了旧体诗词;又借助王力的《诗词格律》,开始学写旧体诗。"到了中学毕业时竟然有十几首,有新诗也有旧体诗词,我自己装订成一本小册子,还自己取了一个古怪的名字叫《鲦濠集》,自己用古怪的篆体字设计了封面。"①

在"文革"初期的几年里,陆续读完了《烈火金钢》、《平原枪声》、《敌后武工队》以及《红岩》等大部分当代长篇小说。阅读巴金的《憩园》,获得了难以磨灭的感动:"'文革'中泛滥成灾的暴力事件与小说描写的温馨故事完全背道而驰,风马牛不相及,我的内心遭受了很大冲击。每天黄昏的时候,太阳斜斜地照过来,树的影子慢慢地长下去,我就呆呆地朝着树底下看,仿佛眼前就会转出这么个人来——我脑子里想,这个人是灰白的长头发,胡子很脏,穿一件绸的蓝布大褂,是个很瘦的老乞丐。我不知道是怎么回事,老是觉得看见过这么一个人,脑子里老

---

① 陈思和:《1966—1970:暗淡岁月》,上海:上海书店出版社 2013 年版,第 186—187 页。

是出现这样的形象。然后我就想,如果他出现了,我就会像书中的孩子一样给他什么东西。其实生活里从来没有过这么一个落日、黄昏、老人的衰败的形象,但是这个故事却让我激发了全部内在的同情心,激发了人性中的善良的道德力量,帮助我辨别当年的形势和以后的人生道路。"①日后经常以这个例子来说明文学、人文精神的魅力以及对人潜移默化的影响。

1970 年　十七岁

夏,初中毕业。正值知识青年上山下乡运动,母亲以丈夫已经"支内"为理由,想方设法把儿子留在了上海。

7月,迁居到淮海中路飞龙大楼居住,人事关系从学校转到淮海街道淮四居委会,当了一名社会青年。自觉在家里自修了外语、数理以及古典文学,读的是"文革"前出版的初高中课本和数理化自修丛书。

---

① 陈思和:《文本细读的意义和方法》,《中国现当代文学名篇十五讲》,北京:北京大学出版社 2003 年版,第 9 页。

与上山下乡的同学一起编一本手写的小刊物《朝阳花》,并担任编辑,办了两期而告结束。此为陈思和热爱的编辑工作的开始。

"文革"中对父亲的审查结束,他被允许回上海探亲。父子间有过深入的文学讨论:"我父亲曾经是巴金作品的忠实读者,我的叙述勾起了他的一系列回想。夜已经深了,一杯酒,一支烟,在昏澹的灯光下他向我讲了《激流》的故事、《雾》《雨》《电》的故事,也讲了《寒夜》的故事,在父亲的伤感的语调里,我心目中渐渐地勾勒出一个巴金的形象:多愁善感,情意缠绵……"①

陈思和后来在《人格的发展——巴金传》"小引:作者的独白"中追溯了这段听故事的经历,父亲在陈思和心田中播下了巴金的第一个形象——"多愁善感呼唤人性的巴金"。②

---

① 陈思和:《人格的发展——巴金传》,上海:上海人民出版社1992年版,第2页。
② 陈思和说:"我曾经认识了三个巴金:一个是多愁善感呼唤人性的巴金,一个是战斗性十足的革命者巴金,还有一个是从无政府主义走到了时代前头的巴金。"参看陈思和:《人格的发展——巴金传》,上海:上海人民出版社1992年版,第3页。

1972年　十九岁

因时常去卢湾区图书馆看书,结识图书馆政宣组工作人员董耀根、袁晓星等人,成为好朋友。参加上海市卢湾区图书馆书评小组,参与编辑一本名为《图书馆工作》的油印刊物。尽管条件有限,但这提供了一个还算满意的小环境：书评组由一批文学青年组成,在阅览室里可以读到当时政策允许的开放的图书和报刊。为了提高书评组的写作能力,他们学习了"文革"前叶以群主编的《文学基本原理》等著作,这是最早接触的文学理论。写作能力、编辑能力与组织工作能力渐渐培养起来。

这期间结识老作家姚苏凤、沪剧编剧王麟书等前辈,开始对文学创作感兴趣。认真阅读《子夜》、《雷雨》、《简·爱》、《傲慢与偏见》、《欧根·奥涅金》等中外现代文学名著。

1974年　二十一岁

10月,被分配到淮海街道图书馆工作,主要任务是参与淮海街道的理论队伍,向居民宣讲各种政策、学习文件等。加入共青团,并担任淮海街道团委副书记。

在"文革"后期的学习运动中,对于马列原著和鲁迅著作的系统学习,尤其是对唯物辩证法的哲学著作和西方哲学史的阅读,为后来的学术工作打下了基础。

在当时"批林批孔"、"评法批儒"等运动的影响下,参与各种群众性宣讲活动,并且跟随卢湾区图书馆两位老年馆员编写《刘禹锡评传》一书,获得了学习古典文学的有利条件。

1976年 二十三岁

3月,带领街道青年去南汇县六团公社学农两个月。患急性肝炎隔离住院。

国家经历天灾人祸,个人命运也发生深刻变化。父亲在打完退休报告、办理户口迁移手续的时候,突发脑溢血辞世。"在我懂事起,他与我在一起的时候不会超过一年半。小时候我怕他,稍长时敬他,懂事后怨他,也想着他,可是他死了。"①

　　这期间因卢湾区图书馆董耀根的关系,结识《文汇报》编辑褚钰泉等,在他们的推荐和提携下,开始在报刊上发表若干书评、短文。这些文章受到当时主流意识形态的影响,均不足为怪。

1977年　二十四岁

　　"文革"结束后,国家恢复高考制度。这一年积极复习,参加高考。

1978年　二十五岁

　　春,考入复旦大学中文系。开始接受正规专业教育。

　　因编入走读班,每天回家住,"很少参与学校里发生的一些活动、争论、风潮","这种不爱热闹,也不爱参加集

---

① 陈思和:《西安》,《黑水斋漫笔》,成都:四川人民出版社1997年版,第102页。

体活动的性格后来延续下来,一直到留校任教后还是这样。集体活动能不参加都不参加,社会潮流能不跟上就不去跟,自己只做自己感兴趣的事情。这样做的好处是少受干扰,也没有什么纠纷,时代风云都在我的身边擦肩而过"。① 但校园的思想解放运动,给了陈思和脱胎换骨的影响。"我亲身经历了复旦大学在思想解放运动中爆发出来的思想力量,可以说,当时的七七级、七八级的同学就是在思想解放运动中获得了人生的目标、学术的理想和知识分子人格的锤炼。"②

评论《艺术地再现生活的真实》发表于《文汇报》1978年8月22日,这是为同学卢新华的小说《伤痕》而写的评论,是大学期间发表的第一篇文章,标志着开始"真正进行当代文学批评"。③

9月,长期受迫害的"胡风分子"贾植芳先生结束在

---

① 陈思和:《我的老师们》,《杨树浦文艺》2014年第3期。
② 陈思和:《自己的书架之五十:光华文存》,《献芹录》,上海:复旦大学出版社2009年版,第205页。
③ 陈思和:《编年体文集(一九八八——九九九)新版后记》,《当代作家评论》2010年第4期。

复旦大学印刷厂的劳改生活,回到中文系资料室劳动。有幸拜见贾先生,结下终生的师生缘,并在人生态度、人格培养等方面,受到根本性的影响。

是年下半年开始,与同学李辉合作,一起研读巴金著作,并参与上海市作家协会的群众评论活动,结识评论家李子云和周介人,此后在文学评论方面多得到他们的提携。

1979年 二十六岁

评论《思考·生活·概念化》刊于《光明日报》1979年4月3日,后被《新华文摘》转载。此文探讨刘心武小说中概念化的缺点。

评论《捍卫诚实的权利——读〈重放的鲜花〉》,载《读书》1979年第8期。此文对1957年"反右"中被打成"毒草"的作品给予了高度评价。

在贾植芳先生的指导下,与同班同学李辉系统研读巴金著述以及国际无政府主义思想文献。"巴金是一个信仰无政府主义的作家,为什么一个非马克思主义者会在现代中国社会的发展中逐渐走到思想与创作前列,成为当代知识分子的杰出代表?"——这是陈思和进入巴金研究的动机。由此发现了"一个与传统的现代文学史叙述不一样的叙述系统,从巴金的激进自由主义创作进入文学史,再整合到鲁迅—胡风的左翼文艺传统",这也成为陈思和研究文学史的一个基本思路和方法。①

参加《上海文学》杂志社青年评论队伍的活动。

1980年 二十七岁

与李辉合作撰写的第一篇讨论巴金与无政府主义思潮关系的论文《怎样认识巴金早期的无政府主义思想》,经贾植芳先生推荐,得到了《文学评论》编辑王信和陈骏涛的提携,发表于该刊1980年第3期。"巴金先生读到了这篇文章,明确支持我们的观点",因此受到鼓励,这也

---

① 陈思和:《三十年治学生活回顾——陈思和三十年集序》,《当代作家评论》2009年第3期。

成为"学术道路的开始"。①

1981年　二十八岁

论文《试论刘禹锡〈竹枝词〉》刊于《复旦学报(社会科学版)》1981年第2期。

评论《农民的爱情——简评〈狐仙择偶记〉》刊于《文汇报》1981年11月24日,涉及作家赵本夫的创作评论,引发争鸣。

为研究巴金,拜访了毕修勺、吴朗西等当年文化生活出版社的老人,并结为忘年交。在人生态度、人格发展等方面深受这几位老人的影响。

1982年　二十九岁

1月7日,与李辉一起去看望巴金,这是初次谒见巴

---

① 陈思和:《三十年治学生活回顾——陈思和三十年集序》,《当代作家评论》2009年第3期。

金。陈思和此后的学术活动、人生道路、人生态度甚至人生理想,都与这个起点有关。

本月,与徐秀春女士结婚。妻子做医护工作,后因体弱长期在家病休,照料家务,全力支持丈夫的工作和事业。

本月,毕业留校,先在复旦大学语言文学研究所当代文学室工作,一年后调到中文系现代文学教研室,担任助教。下半年开始担任八二级新生的班主任,历时四年。

5月,赴海南岛参加第二届中国现代文学年会。会议主题是"纪念毛泽东《在延安文艺座谈会上的讲话》四十周年"。提交论文《毛泽东文艺思想是党的集体智慧的结晶》(载《复旦学报(社会科学版)》1982年第3期),意在强调毛泽东的文艺思想是发展变化的,而不是"凡是派"所认为的一成不变。这是第一次参加全国性的学术会议,得以谒见王瑶、李何林、唐弢、严家炎、樊骏、马良春、卢鸿基等前辈学者,并结识北京出版社编辑廖宗宣,以后有些专业论文都是通过廖宗宣刊发。

与李辉合作的论文《巴金的文艺思想》、《巴金与俄国文学》、《记文化生活出版社》、《巴金和法国民主主义》,分别刊于《中国现代文学研究丛刊》1982年第4期、《文学评论丛刊》第 11 辑、《新文学史料》1982 年第 3 期、《文学评论》1982 年第 5 期。

在卢湾区图书馆开设文学讲座,系统介绍西方代表作家,并在《海南日报》上连载介绍诺贝尔文学奖获奖作家的代表作,这部分作品后来收入《羊骚与猴骚》。是年开始,对西方现代主义文艺、存在主义思潮,都产生浓厚兴趣。

1983 年 三十岁

在中文系为助教班讲授"中国现代文学史"课程。这是第一次在大学讲坛上课授业。毕业论文《论巴金的文艺思想》被评为上海市第一届大学生优秀论文。

担任贾植芳先生的助手,协助主编国家项目"外来文学思潮、流派、理论在中国现代文学史上的影响"理论资料汇编。6 月,与孙乃修赴北京查阅有关资料。

1984 年 三十一岁

译作《凡宰特致巴金信》载《中国现代文学丛刊》1984

第 2 期。

10月,陪同贾植芳先生去徐州参加瞿秋白学术研讨会。

12月,在"杭州会议"上作了题为"中国文学发展中的现代主义"的发言,发言稿载于《上海文学》1985年第7期(《新华文摘》1985年第9期转载)。此次座谈会由《上海文学》杂志社与杭州《西湖》杂志社、浙江文艺出版社联合举办,与会者包括李陀、陈建功、郑万隆、阿城、韩少功、李庆西、李杭育、陈村、曹冠龙、黄子平、季红真、鲁枢元、徐俊西、吴亮、程德培、蔡翔、许子东、南帆、宋耀良等。与会的青年作家和评论家在讨论当时出现的创作新现象时提出了文化寻根问题。饶有意味的是,"杭州会议"对中国文化的重视,却并未引出任何民族狭隘观念或者复古主义,正如参与会议主事的蔡翔在回忆中说:"相反在这次会议上,现代主义乃至西方的现代思想和现代学术仍是主要的话题之一。我记得陈思和在会上有过一个专题发言,是讨论现代主义和中国现代文学关系的,引起与会者的极大重视,并引发出相关讨论。我想,当时与会者的潜意识中,可能一直存有如何让现代主义有机地融入中国语境之中的心念。"①

是年评为讲师。

1985年　三十二岁

论文《巴金与欧美恐怖主义》(与李辉合作)载《文学评论丛刊》第21辑,《当代文学创作中的外来影响》载《文艺理论研究》1985年第1期,《文学批评的位置》载《当代作家评论》1985年第3期。

4月,参加厦门大学举办的文艺理论研讨会。恰逢思想解放时期,文学研究者从"文革"和"清污"的阴影里走出来,冲破思想牢笼,文艺理论领域出现新方法热。在厦门会议上受到时潮鼓舞,结合自身文学史研习经验,写出《新文学研究中的整体观》的论文,刊于《复旦学报(社会科学版)》1985年第3期(《新华文摘》1985年第8期转载)。

5月,参加现代文学学会在北京万寿寺举办的"现代文学青年学者创新座谈会"。这次会议给与会者留下难

---

① 蔡翔:《有关"杭州会议"的前后》,《当代作家评论》2000年第6期。

以磨灭的印象:"五月。北京西郊万寿寺。昔日的慈禧行宫,今天已变为中国现代文学馆。素来静寂的古行宫,在这春意正浓的季节,变得那样活泼。充满朝气的百余位青年研究者在这里度过了一个兴奋的、充满创新精神的星期。我们看到了熟悉的、陌生的面容,熟悉的、陌生的名字。比我们年幼的、年长的,都出现在我们面前,从他们那充满活力、富有开拓精神的言谈中,我们感受到一种春天的律动,感受到了一种以研究现代文学而自豪的情绪。"①在会上,陈思和以"整体观"为题发言,与北京大学黄子平、陈平原、钱理群的联合发言"论二十世纪中国文学"遥相呼应。在此期间,开始撰写旨在打通中国现代文学和当代文学的系列论文,已发表的有《中国新文学研究的整体观》与《中国文学中的现代主义》。将现代文学与当代文学视为一个"整体"的研究方法能提供何种意义,对此陈思和曾谈过体会:"当我把两种不同时期的文学置于一个整体下加以考察时,我诧然发现,它的意义明显要

---

① 陈思和、李辉:《巴金论稿》"后记",《巴金论稿》,北京:人民文学出版社1986年版,第295页。

大于对两个时期文学的分别研究,它可以导致我们对以往许多结论发生怀疑,现代文学史上的许多现象在近四十年的文学发展中检验出各自的生命力;同样,当代文学史上的许多现象由于找到了源流而使它们的生存有了说服力,它需要我们正视历史与现实,来改变一系列的既成观念。"① 由此,陈思和开始形成巴金研究之后,以"整体观"为核心和方法论的第二个研究系列;而从此起步过渡到1988年发起的"重写文学史"讨论,则顺理成章。

年底在杭州九溪附近举办了长江三角洲的文学研讨会,陈思和在会上作了一个关于王安忆《小鲍庄》的发言,后写成评论《双重叠影 深层象征——谈〈小鲍庄〉里的神话模式》(《当代作家评论》1986年第1期)。对王安忆作品的跟踪式阅读即从这个时候开始,此期间相关成果还有《雯雯的今天与昨天》(《女作家》1985年第3期)、《古老民族的严肃思考——谈〈小鲍庄〉》(《文学自由谈》1986

---

① 陈思和:《方法・激情・材料——与友人谈〈中国新文学整体观〉》,《书林》1988年第7期。

年第2期)、《城市文学中的寻根意识——评王安忆〈好姆妈、谢伯伯、小妹阿姨和妮妮〉》(《北京晚报》1986年4月18日)、《根在哪里？根在自身——评王安忆〈小城之恋〉》(《当代文坛报》1987年第2期)，以及与王安忆的对话《两个69届初中生的对话》(《上海文学》1988年第3期)。文学史上批评家与作家互相砥砺、互为激发,长时间共同成长的佳话不乏其例,这又是其中之一。

1986年　三十三岁

译作《中国现代作家的浪漫一代》(原著：李欧梵)载《中国比较文学》1986年第1期,论文《中国新文学发展中的忏悔意识》刊于《上海文学》1986年第2期,《中国新文学对传统文化的认识及其演变》刊于《复旦学报(社会科学版)》1986年第3期,《中国新文学发展中的现实主义》刊于《学术月刊》1986年第9期,《中国当代文学中的现代战斗意识——论现实战斗精神在新时期文学中的一种变体》载《当代作家评论》1986年第5期,《当代文学中的文化寻根意识》载《文学评论》1986年第6期。

4月,与李辉合著的《巴金论稿》由人民文学出版社出版。多年之后合作者李辉曾这样回忆该书的诞生:"一九七八年春天,我们俩一起走进复旦校园。秋天,一次偶然的闲谈,产生了合作研究巴金的念头。年底,又幸运地结识了正在等待平反、尚在中文系资料室工作的贾植芳先生,从此,在他的关心和指导下,我们开始了巴金研究。我们眼前,一个新的天地跳跃而出。"① 书中的论文在《文学评论》等刊物上发表时,就已"产生过比较强烈的影响"。② 该书被认为"是在新时期巴金研究中有比较突出成就的一部书","特点和成就在于更接近于巴金本体的实际。他们不是按照一般作家的模式去研究巴金,而是按照巴金本身的实际研究巴金"③,"显示出八十年代研究者超越成说定论的独立思考和探索创新精神"。④ 前

---

① 陈思和、李辉:《巴金研究论稿》"自序",《巴金研究论稿》,上海:复旦大学出版社2009年版,第1页。
② 陈鸣树:《巴金研究的新收获——评陈思和、李辉的〈巴金论稿〉》,《中国现代文学研究丛刊》1987年第3期。
③ 陈鸣树:《巴金研究的新收获——评陈思和、李辉的〈巴金论稿〉》,《中国现代文学研究丛刊》1987年第3期。
④ 李存光:《二十世纪中国巴金研究掠影》,《我心中的巴金》,北京:文化艺术出版社2001年版,第64页。

辈学者余思牧表示:"在《巴金论稿》中,我感觉到他们一反中国过去多年来的众口一词、万笔一调的程式化、概念化、口号化和简单化的论述方法,而把问题提到一定历史范围之内,从广阔的时代背景和中国社会发展实况出发,兼及世界大势、国际文坛的发展、思潮和影响,来观察巴金的思想发展及艺术表现,从巴金创作的具体内容、形式和影响去分析评价巴金。他们在巴金学术研究上甚至在中国的文艺评论方法上都有所创新与突破。"[1]

5月,去海南岛参加批评家郭小东、陈剑晖等举办的青年文艺批评家会议,几乎全国的青年批评家都到会,盛况空前。

本学期为复旦大学中文系八二级学生开设选修课"新时期文学专题研究"。当代文学面对的研究对象既无时间积淀,又容易受到各种干扰,所以在教学上很难把握。陈思和将这门课程分作三个部分:一是由他自己主讲"新时期文学十年风雨";二是由同学们讨论当代作家

---

[1] 余思牧:《序二:谦谦君子,博精求新——序陈思和〈巴金传〉》,《人格的发展——巴金传》,上海:上海人民出版社1992年版,第4页。

作品,讨论对象有王蒙、张承志、阿城、刘索拉、梁晓声等;三是请作家高晓声、王安忆,批评家吴亮、程德培、李洁非等与同学们对话座谈,共同探讨、交流文学创作与批评的现状。这样的课程设置显然让学生可以直接沐浴在当代文学的氛围之中,课堂讨论也相当热烈,发言实录整理成文后,在《文学自由谈》、《当代文艺探索》等杂志发表,1987年以《夏天的审美触角》为题结集出版(工人出版社),2004年收入《谈话的岁月》再版(复旦大学出版社)。参与讨论的学生中,如郜元宝、宋炳辉、王宏图、严锋、包亚明、刘旭东等,现在已经是文学批评与研究领域的中坚力量。陈思和素来将教育视作第一职业,"我早说过我的职业首先是教师,其次才是评论家什么的。对于教师来说,他的工作价值只在于帮助年轻一代及时发现并利用自己的才华,使中国知识分子的事业在目前的处境下真正做到薪尽火传"。[①]

是年,加入中国共产党。

---

① 陈思和:《笔走龙蛇》"新版后记",《笔走龙蛇》,济南:山东友谊出版社1997年版,第426页。

1987年 三十四岁

论文《〈随想录〉：巴金后期思想的一个总结》刊于《上海文论》1987年第1期，由此开始一个上海作家研究的写作计划。后续之作有《赵长天的两个侧面：人事和自然》(《上海文学》1987年第12期)、《近于无事的悲剧——沈善增小说艺术初探》(《当代作家评论》1987年第2期)、《〈金瓯缺〉：对时间帷幕的穿透》(《上海文论》1988年第2期)、《笑声中的追求：沙叶新话剧艺术片论》(《新剧本》1988年第3期)等。整个写作计划未完成。

论文《本世纪初现代思潮在中国的影响——王国维鲁迅比较论》载《复旦学报(社会科学版)》1987年第3期，《中国新文学发展中的现实战斗精神——现实战斗精神与现实主义的分界》载《中国现代文学研究丛刊》1987年第2期，《同步与错位：中西现代文学比较》载《上海文论》1987年第5期。

6月，《中国新文学整体观》出版(上海文艺出版社，"牛犊丛书"之一)。这是陈思和前一阶段文学史研究的总结，也是其代表性的学术著作。该著于1990年获得全国第一届比较文学优秀图书一等奖,1994年获得第二届上海市哲学社会科学优秀成果著作二等奖。收入书中的论文《中国新文学发展中的现代主义》也获得第一届上海市哲学社会科学优秀成果论文三等奖等奖项,论文《中国新文学发展中的现实主义》获1986—1987年上海哲学社会科学联合会优秀学术成果奖。谈及该著作的思机缘,陈思和曾多次表示是受惠于李泽厚对不同代际中国知识分子的划分与论述:"在大四准备写毕业论文时,我一度就想用李泽厚划分中国现代知识分子的方法来研究中国新文学史,但终因没有形成系统的方法而中止,直到一九八五年在'方法论'的推动下,才开始完成《中国新文学研究的整体观》从方法论的角度来描述新文学史。"① 将新鲜的创作现象与文学史的解释结合起来,构成互动与对话,这是"整体观"的旨趣与方法,"中国新文学史是一个开放型的整体,唯其开放,所以作为一种文学史而没有时间的下限,它将在不断的文学实践中不断发展和自新;唯

---

① 陈思和:《中国新文学整体观》"绪论",《中国新文学整体观》,上海:上海文艺出版社2001年版,第13—14页。

其是一个整体,所以任何一种新的文学因素的渗入都会引起整体格局的变化,导致对以往文学史现象的重新理解和解释。"① 整体观追求的并不只是客观的历史研究,而是希望通过与历史的对话来参与当代文学、文化环境乃至当代生活环境的改善。研究的目的,仍然包括通过对 20 世纪文学史的探索来探讨中国现代知识分子的道路和命运。该著作决定了陈思和此后学术研究的"基本经纬":"一是把二十世纪中国文学史作为整体来研究,不断发现文学史上的新问题,并努力通过理论探索给以新的解释;二是关注当下文学的新现象,关注中国新文学传统与现实结合发展的最大可能性。"② 当然该著作"并未完成",先后有过两次增订,也不断有文学史理论探索的新成果加入其中。张安庆认为:"出于他们这一代人的特殊经历和遭遇,使陈思和总是一往情深地与当代社会生活保持着密切的联系,并且有着自己清醒的思考与认识。因此,

---

① 陈思和:《中国新文学整体观》"绪论",《中国新文学整体观》,上海:上海文艺出版社 2001 年版,第 14 页。
② 陈思和:《三十年治学生活回顾——陈思和三十年集序》,《当代作家评论》2009 年第 3 期。

所谓'整体观'的提出决非偶然。它是建筑在丰厚的知识积累、对社会的独到理解、对生活的认知态度等基础之上的研究主体对于研究对象的成功超越的思想结晶。"①

8月,评论《声色犬马 皆有境界——莫言小说艺术三题》刊于《作家》1987年第8期,对莫言《透明的红萝卜》、《红高粱》、《狗道》、《三匹马》等小说作品中表现出来的声音、颜色和动物意象等艺术元素进行了分析。莫言是陈思和长期跟踪的作家之一。

1988年 三十五岁

4月,陪同导师贾植芳先生夫妇去香港中文大学作两周访学。受李达三博士邀请,陈思和留香港中文大学英文系作四个月的访问,课题是搜集有关香港、台湾文学所受外来影响的资料。在香港中文大学卢玮銮教授介绍下,结识了来自台湾的青年诗人和学者林燿德、龚鹏程、

---

① 张安庆:《一代人的历史眼光——介绍陈思和著〈中国新文学整体观〉》,《中国现代文学研究丛刊》1989年第1期。

李瑞腾、陈信元等。逐渐意识到,中国现当代文学史的研究版图,应包括中国内地、中国香港和中国台湾,除了中外文学关系以外,这三个领域的互动关系也逐渐成为其关注当代文学的基本思路。

5月,被中国现代文学学会选为第四届理事,以后各届一直连任理事,1998年第七届年会上当选为副会长迄今。

《上海文论》1988年第4期开辟"重写文学史"专栏,由陈思和与王晓明联袂主持。被"重评"的作家有赵树理、丁玲、柳青、郭小川、何其芳、茅盾等等,顿开一时之风气。根据专栏主持人的设想,"重写文学史""原则上是以审美标准"来"重新研究、评估中国新文学重要作家、作品和文学思潮、现象",质疑"过去把政治作为唯一标准研究文学史的结果","冲击那些似乎已成定论的文学史结论","探讨文学史研究多元化的可能性,也在于通过激情的反思给行进中的当代文学发展以一种强有力的刺激","并且在这个过程中激起人们重新思考昨天的兴趣和热情"。[①]

[①] 陈思和、王晓明:《"重写文学史"专栏主持人的对话》,《笔走龙蛇》,济南:山东友谊出版社1997年版,第121、146页。

专栏的设立及陆续刊发的文章在学术界引起普遍关注与热烈争论。王瑶①、钱谷融、贾植芳、徐中玉等前辈师长给予鼓励。"重写文学史"是一次意义深远的事件:首先,建构了新的中国现当代文学学科话语,从对于革命史传统教育的从属状态中摆脱出来,追求独立、审美的文学史学科。它与1980年代中期"20世纪中国文学"等研究思潮紧密呼应,是学术研究发展到当时必然会产生递进的一个环节。其次,通过将先前面貌统一、僵化的文学史改变为多元、个性的文学史,表达了一代人文知识分子在特殊时期高扬主体性的共同诉求,也彰显了文学史阐释中"当代性"与"历史性"的辩证。再次,"重写文学史"是一场知识分子参与历史的实践行为,它与1980年代诸多拥有共同价值指向的社会文化思潮一起,介入到现代化意识形态的建构中。对于陈思和个人来说,"重写文学史"过程中的观念与实践,既是其长期思考的赋形,也显示了其此后文学史研究中的若干路向。

---

① 王瑶:《文学史著作应该后来居上——在〈上海文论〉主持的"重写文学史"座谈会上的发言》,原载《上海文论》1989年第1期,又收入《王瑶全集》第8卷,石家庄:河北教育出版社2000年版,第12—14页。

论文《当代文学观念中的战争文化心理》载《上海文学》1988年第6期。文章指出,从抗战爆发到"文革"这四十年是中国现代文化的一个特殊阶段,战争因素深深地锚入人们的意识结构之中,影响着人们的思维形态和思维方式。尤其当带着满身硝烟的人们从事和平建设事业以后,文化心理上依然保留着战争时代的痕迹,可以概括为战争文化心理。在战争的特殊环境与文化氛围中形成的、以毛泽东《在延安文艺座谈会上的讲话》为核心的战争文化规范,与先前知识分子通过自我解放运动而建构起的"五四"新文化规范之间构成冲突。胡风的文艺理论,紧密依附"五四"新文化传统,又与中国现代知识分子强烈的主体意识、使命感与战斗精神血脉相连。这样的精神状态,"当然不见容于战争中严格的军事文化体系,也无法与战后依然要把文学当作政治斗争工具的文化要求相协调。他所提倡的现实主义真实论,必然有悖于被战争所强化了的文学宣传意识;胡风提倡人格力量和主观战斗精神,必然冲犯了战争培养起来的高度集体主义原则;胡风强调了对'精神奴役创伤',对'民族形式'的鞭辟入里的批判,也冲犯了战争中崛起的主体力量农民的精神状态"。《关于解放以来的文艺实践情况的报告》("三十万言书")始终坚持用知识分子人文主义传统、"五四"新文化的价值观,分析、评判战后出现的并依然延续着战争文化规范的各种理论观点。胡风在当时不可避免的失败,正标志了"五四"新文化传统在某种意义上的中断,从此,战争文化规范基本上支配了整个文学界,对当代中国的文学观念产生相当广泛的影响,直到"文革"中在极端形式下走向自身的反面。对于现代文学史研究,陈思和认为至少包括两个方面的内容:"一个层次是过去的主流意识形态关于文学史的叙事,即当时的国家意志对历史领域的控制与渗透,以致许多真相被遮掩起来,我有责任突破这些障碍物,恢复文学的本来的面目。第二个层次是,通过20世纪文学史现象的研究,必须研究与此相关的20世纪中国的政治文化等许多问题。这就与当代的文化批判工作联系起来,意义不仅仅局限于文学史上。"[①]对于战争文化规范,包括陈思和此后对"共名"

---

① 陈思和、全炯俊(对谈):《东亚细亚的现代性与20世纪的中国》,《谈虎谈兔》,桂林:广西师范大学出版社2001年版,第463页。

与"无名"、"民间"等问题的探讨,都可作如是观。这不仅是学理背景上的研讨,而且是针对现实的发言;在客观研究与方法论背后,暗含着强烈的知识分子的精神关怀。

论文《胡风文学理论遗产》刊于《上海文论》1988年第6期,这是为"重写文学史"栏目而作的论文,改写后以《胡风对现实主义理论建设的贡献》为题收入《笔走龙蛇》(修订版)。陈思和指出:"胡风把作家面对客观世界所表现出来的蓬勃高昂的人格力量和对客观世界进行改造、批判的战斗要求称作是'主观战斗精神',并将这种强烈体现人的主体性的因素注入现实主义创作规律,无疑是对那种认为现实主义创作原则只是'按生活的本来面目反映生活'的传统解释的否定,也是对宣传或图解革命原则而忽略了文艺创作自身特性的公式主义和客观主义的否定",而"胡风的理论对手们,无论是强调政治斗争的'彼岸'性还是强调所谓的作家先要获得'工人阶级立场和共产主义世界观'才能创作,在哲学上都陷入了'先验论'的模式,被胡风斥之为'来路不明的先验的概念'。这倒不是说这些理论对手们自觉地表达这种唯心主义的世界观,他们仅仅是从政治实用主义出发选择了先验的模式,而这又恰恰反映了一些知识分子缺乏理论联系实践、并通过实践来检验理论的这一马克思主义的科学方法。……所谓反映生活本质、表现艺术真实、社会主义精神等等,一旦转化为专制时代的权力话语,都拥有'先验'的权威性,是无法经受实践检验和证明的,所以胡风一针见血地指出:那些所谓的现实主义,其实是徘徊着'黑格尔的鬼影'。显然,这种先验论的现实主义与胡风从每一步的文艺斗争实践中总结经验、检验自我、提升理论的血肉搏斗式的理论工作是不可同日而语的"。① 胡风研究一直在陈思和的学术视野中,受其影响,陈门弟子如张业松、鲁贞银、刘志荣等都为胡风研究作出了贡献。

书信《方法·激情·材料——与友人谈〈中国新文学整体观〉》刊于《书林》1988 年第 7 期,在被问及写作《中国新文学整体观》一书的"最大动力是什么"时,陈思和的答复是"热爱当代生活":"至少在我能够被吸引的,只是与当代生活、当代文学发生着密切关联的历史文化

---

① 陈思和:《胡风对现实主义理论建设的贡献》,《笔走龙蛇》,济南:山东友谊出版社 1997 年版,第 29—30、36—38 页。

现象。……一个知识分子,如果对当代生活没有激情,没有热望,没有痛苦,没有难言的隐衷,那么,他的知识,他的学问,他的才华,都会成为一些零星而没有生命力的碎片;文学研究虽然不同于文学创作,但在冷静的学术研究背后,仍然需要精神上的热情支持。"

秋,去无锡参加《文学评论》与南京《钟山》联合举办的当代文学学术研讨会,该会议上着重讨论了"新写实主义"小说的特征和现象。在会上作了题为"自然主义和生存意识"的发言,把新写实小说与西方自然主义的某些特征联系起来作了考察。发言稿后发表于《钟山》杂志1990年第4期。

10月,主编的《中外文学名著精神分析辞典——人类精神自画像》由工人出版社出版。

是年,批评论文集《批评与想象》编成,列入浙江文艺出版社的"新人文论",后因故没有出版。

是年,因李子云介绍,结识台湾新地出版社老板郭枫,郭枫正在筹划出版大陆批评家的文集系列,陈思和编了一本《龙尾集》,但后因故未能出版。

秋,被评为副教授。

1989年　三十六岁

论文《七十年外来思潮通论（上）》载《鸭绿江》1989年第2期，下篇载《鸭绿江》1992年第6期。

评论《蜕变期的印痕——致赵本夫》载《文学评论家》1989年第1期。陈思和将赵本夫的长篇小说理解为"准文化"熏陶下的产物："'准文化'来自真正的民间，它是民族历史上的非正统文化，所含的文化内涵与审美观念，都具有民间粗俗，因之也更有生活原始形态的色彩。民俗民风，郑卫之音，桑濮之声，通常是它的生命力最为强烈的表现。由于它并非与正统文化绝然对立，而往往是在正统文化制约力较薄弱的环节小心翼翼地构筑符合自身道德观念与审美观念的文化体系，所以一般很难被人们从独立的意义上给以重视。"陈思和日后提出的"民间"理论，已可于此触摸到先声。

论文《"五四"与当代——对一种学术萎缩现象的断想》，刊于《复旦学报（社会科学版）》1989年第3期，该论文应中国社科院文学所举办的"五四运动七十周年"学术研讨会而写。是时正逢知识分子的广场意识与启蒙激情临界沸点之时,陈思和开始对"五四"以来的精英传统有了反思,将"五四"新文化运动与欧洲的文艺复兴作比较:在后者的进程中,"近代资本主义文化精神与西方文化传统发生了沟通和融合,由此产生出无限的生机,促使了欧洲近代文明的腾飞",而"五四"新文化运动恰恰缺少这一精神,"新文化的产生基本上是得助于西方文化的引进。它始终没有把现时的文化传统即封建文化和历史的文化传统即中国文化的本体相区别;没有认识到五千年以上的中国民族文化传统与二千年的封建文化传统有着质的区分","没有复活那早已被封建文化中断了的古代文化的积极的生命内核","没有将当时的民主革命精神与中国文化的精神贯通起来",文化上的无根状造成了"政治为本"、"主义为大"等简单化思维。由此提出知识分子应该将学术责任与社会责任分清楚,在学术专业中建立自己的规范。此后,中国知识分子在当代文化承传过程中的作用、意义及价值所在,一直是其思考的课题之一。

与学生王宏图、严锋、顾刚、李光斗的讨论记录《关于世纪末的对话》刊于《上海文学》1989年第7期。讨论了世纪末的精神解放与颓废现象,并且对未来可能出现的新的禁欲主义表示担忧。与学生们开诚布公地讨论文学现象,是陈思和教育理想的一部分,从《夏天的审美触角》开始,他一直坚持使用讨论的教学方法来培养学生独立思考的意识。

评论《黑色的颓废——王朔作品札记》刊于《当代作家评论》1989年第5期,该文先后写过两遍,初刊于香港《博益》杂志。当时王朔的作品被主流批评家指为"痞子文学",陈思和却认为其作品所显现的"颓废文化心理",与知识分子的理性精神不妨"阴阳交合地构成了正负两面的力量",催化时代的变化与更新。而处身于彼时社会中风雨波澜的心情,也写在了此文中。

秋,因"八九风波"以后"重写文学史"受到别有用心的人的诬陷和攻击,与王晓明、毛时安一起去南京,撰写了最后一期"重写文学史"专栏主持人对话,逐条回应了对"重写文学史"的攻击,并且在《上海文论》1989年第6期推出"重写文学史"专号。同时对"风波"以后的知识分子道路作了认真思考:"八九风波后,知识分子理想和热情受到严重挫伤,朋友星散,意气消沉。但对于学过一点现代史,读过一点鲁迅的人,应该知道这样的逆转在历史上并非第一次,倒是可以藉此教训,少一些迷狂,多一些清醒。当时曾与友人作彻夜长谈,以为鲁迅晚年拒绝出国而坚守故土,赖有三个条件:一是要对中国社会有充分的认识;二是要有坚忍不拔的奋斗精神;三要有一个积极良好的小环境。有此三条件而成就了晚年鲁迅;无此三条件则牺牲了谭嗣同。明白这一点,一部现代文学史就不再是过去的文本,而是流淌过我们身体的传统之大河,我对一切历史皆谓当代史的说法有了更加深切的理解。"①此后开始了比较自觉的知识分子道路的当下实践。

8月,当选为上海市作家协会理事,2001年起担任上海市作家协会副主席迄今。

本年度获上海市共青团颁发的"青年突击手"称号和"五四"奖章。

本年度,开始协助贾植芳先生指导硕士研究生:张新颖。

---

① 陈思和《序:三十年治学生活回顾》,《脚步集》,上海:复旦大学出版社2010年版,第8页。

1990年　三十七岁

9月,迁居到重庆南路太仓坊居住。

《中国新文学整体观》由台湾业强出版社出版增订版。开始与台湾业强出版社陈春雄、陈信元等人合作,策划出版了一系列丛书。

发表论文《中国新文学发展中的启蒙传统》(《中国现代文学研究丛刊》1990年第4期),将启蒙分为两种传统:"启蒙的文学",文学作为手段而存在,新文学用文体的变革来承担起新文化运动中的思想启蒙工作;"文学的启蒙",重点在文学,指新文学的文体革命与审美观念的变革过程,用白话文建构起一种新的审美精神,在现代意义上重新界定何为文学。论文描述了两种启蒙传统的特征、宗旨与演变,既是"整体观"研究的成果,也是对周边工作的一个呼应,比如不妨视作对此前"重写文学史"遭受质疑的一种回应与廓清:对中国现代文学作审美评价是否可能?只有厘清两种启蒙传统的关系,才能正视长期以来文学史观的片面,以及所谓主流、支流、逆流的人为制造,真正重视文学的审美精神与美感形式,更新民族的审美素质。

论文《但开风气不为师——论台湾新世代小说在文学史上的意义》收入林燿德、孟樊主编的《世纪末偏航》(台湾时报出版社 1990 年)。此后又有《创意与可读性——试论台湾当代科幻与通俗文类的关系》一文,收入林燿德、孟樊主编的《流行天下》(台湾时报出版社 1992 年)。这期间还写了一组以王尚义、吉铮、王祯和、羁魂等港台作家为论述对象的文章,这是陈思和关于港台文学研究的一批最初成果。

本月,开始在复旦大学外文系学习德语,每周十六节课,整整两年。

本年,协助贾植芳教授指导硕士研究生:宋炳辉、伍寅、古丽娜尔、刘晓玲。

1991 年　三十八岁

1月,论文集《笔走龙蛇》由台湾业强出版社出版。这是在未能出版的《龙尾集》基础上修订编成的。此为陈思和别具特色的"编年体文集"的第一种。"编年体文集",意指将各类不同的文体编在一起,"希望读者在文字里读到的不仅仅是'文',而应该是作者在这一时期的心情自然流露和所思所想"。① 除文学史研究外,《笔走龙蛇》中还收录了一组以王安忆、莫言、叶兆言等为对象的文学批评,这几位都是陈思和私心喜欢且长期追踪阅读的当代作家。这也体现了陈思和文学批评的经验与方法:"当代文学研究受到时间限制,很难做到盖棺定论,必须有长期地追踪的耐心,才能够比较完整地把握作家,同时也能够准确地把握时代风气的变异。"②

为台湾业强出版社策划、主编了"中国文化名人传记"和"青少年图书馆"两套丛书。前者是一套大型的现代文化人物传记,与陈信元、陈子善联合主编,计有三十来种,如王晓明的鲁迅传、张文江的钱锺书传、郭齐勇的熊十力传、王观泉的陈独秀传、吴方的张元济传、丁言昭

---

① 陈思和:《马蹄声声碎》"序",《马蹄声声碎》,上海:学林出版社1992年版,第3页。
② 陈思和:《编年体文集(一九八八——一九九九)新版后记》,《当代作家评论》2010年第4期。

的丁玲传、金梅的傅雷传等,都名重一时。"青少年图书馆"共编一百多本,与陈信元联合主编,以文史为主,分多种类型,主要介绍中国传统文化与西方文学名著。以上图书的策划推出,在特殊时期打开了一条朝向海外的文化输出通道,反过来也推动了大陆文化市场的发展。

《关于周作人的传记——致钱理群》刊于《中国现代文学研究丛刊》1991年第3期,后以《苦风苦雨说知堂》为题收入《马蹄声声碎》。在这封致《周作人传》作者钱理群的书信中,陈思和想要探讨两个问题:周作人在"五四"退潮时期以怎样一种心理基础去完成由"叛徒"向"隐士"的转化;周作人在沦陷区里怀着怎样一种心理准备下水事伪。关于前者,陈思和认为,1920年代新文化阵营分化,"这是当时的政治对文化干预的结果,大多数知识分子在这次分化中都向传统的文化模式回归",无论像"吴稚晖、蔡元培、胡适,还是像陈独秀、李大钊以及稍后的鲁迅,他们对政治力量的选择不同,但通过政治来实现改革中国的理想,以至实现自身价值的思维方式是一样的"。而周作人则"坚持在文化阵地上的个人主义","只有拒绝了对任何一种政治力量的依赖,坚持用个人主义的立场和观点去批评社会,推动社会进步,这样的知识分子才是自由主义知识分子。但是从自我价值的确认到用个人的影响去推动社会进步之间,并不是一步就能够跨过去的,这中间有个环节,就是价值观念的转化,即知识分子的价值究竟在哪里?"周作人在这样的"转化"中获得了成功,"他在拒绝了政治力量以后,奇迹般地在自己的专业——散文创作上建立起新的独创的价值标准:美文","并以他在散文创作上的价值,企图打开一个批评社会、关怀公共事务的局面,继续履行一个自由主义知识分子的使命"。在陈思和对现代中国知识分子的考察视野中,周作人是其长期关注的对象。在后续思考中,陈思和将周氏兄弟视作新文学传统两大流脉的代表,进而将其承继的不同路径追溯到古希腊文化传统中——"鲁迅的文学实践是从褒扬古希腊斯巴达精神出发,在中国特定的启蒙主义的环境里形成了一个激进的战斗传统。这个传统,大概从抗战以后一直被文学史的研究者解释为新文学发展的主流,它包括知识分子对于社会运动的热烈关注与真情投入,对一切被认为是邪恶的东西的无情揭露与批判;同时,他们对一般的大众是采取比较复杂的启蒙态度";周作人则"可以说是一种另类的传统。无以命名,暂且叫做'爱智',——在以古希腊为起源的欧洲文化传统当中,存在所谓'爱智'的渊源",关注的是比较抽象层面上的奥秘,与现实功利保持一定距离。"周作人与鲁迅的价值取向也是在这里开始分岔,当鲁迅固执地走向社会进步力量,以求更加贴近社会现实、进而展开与社会近距离的肉搏战时,周作人却固执地站立在文学门外,在文学以外的民间社会寻找着自己的工作岗位,换句话说,他要寻找一种新的价值取向来取代五四知识分子所设定的广场的价值取向。"[①] 显然,陈思和讨论现代知识分子的价值取向尤其是民间岗位意识时,周作人是重要的依据和资源。

7月,《人格的发展——巴金传》作为"中国文化名人传记"丛书一种,由台湾业强出版社推出。简体字版1992年6月由上海人民出版社出版。这是第一本以研讨巴金人格发展为写作中心的传记,"从传主的整体生活

[①] 陈思和:《现代知识分子岗位意识的确立:〈知堂文集〉》,《中国现当代文学名篇十五讲》,北京:北京大学出版社2003年版,第74—77页。

史和创作史出发,将传主的人格生长发展史,分为七个环节,即:胚胎—形成—高扬—分裂—平稳—沉沦—复苏,从人格发展史的角度,重新塑造巴金的形象,显示了一个人性大循环的历程",这种人格重塑的写法,"完全冲破了过去流行的按文学史分期,即按现代和当代两个历史范畴,来撰写中国现代作家传记的传统模式,是一种创新之举","从巴金先生漫长的生活和创作的历史实践来看",这种新式的立传手法,"也是更能贴近实际的,因为他写出了一个人的历史真实"。① 陈思和曾经说过:"一部优秀的传记著作里,传主不但要复活他本来的精神面貌,还应该起'借尸还魂'的功能,将作者的生气也焕发出来。所以传记不是纯客观的材料展览,它需要'对话',作者与传主间的一种高层次的精神对话。"②他自己的这部《巴金传》亦可作如是观。

8月,接受周英雄教授邀请,再赴香港中文大学英文

---

① 贾植芳:《序一:一个人的历史真实》,《人格的发展——巴金传》,上海:上海人民出版社1992年版,第1页。
② 陈思和:《苦风苦雨说知堂——致钱理群谈周作人的传记》,《马蹄声声碎》,上海:学林出版社1992年版,第128页。

系访问一个月。

10月,《巴金研究的回顾与瞻望》,作为"学术研究指南"丛书的一种,由天津教育出版社出版,评估和总结了近十年来学术界巴金研究的成果。该书2009年的修订版被收入巴金研究会策划的"巴金研究丛书",书名改为《巴金研究十年(1978—1988)》,由香港文汇出版社出版。

年底,搬家到虹口区九龙路新亚公寓居住,新居取名"黑水斋"。① 陈思和后来曾作一首旧体诗怀念此期间的读书生活,诗云:"黑水临窗晓月寒,轻掸几案净衣冠。民间岗位传薪火,廊庙广场平异端。徒有高名华盖重,百无聊赖苦茶干。读书那计东西别,随手拏来散乱看。"题下自注:"辛未年迁入新居,自筑黑水斋。埋头读书,重新梳

---

① "关于'黑水斋',是我在1991年搬入了新居后,给自己工作室取的斋名,没有什么深义可说,因为窗前是一条黄梅时节发出臭味的河流。不过在春天里,推开窗门就能见到水,以及水边的柳树,总是一件令人愉快的事,所以取来作书房的名字,化腐朽为'风雅'了。后来听精通数术的张文江兄演绎,说'黑水'两字用得很好,还能在《易经》里找到依据,这完全成了意外的收获。"参看陈思和:《写在子夜》"后记",《写在子夜》,上海:上海人民出版社1996年版,第271页。

理现代文学史,从二周文章中逐渐形成庙堂、广场、民间岗位为现代知识分子三种价值取向的观念,明确了自己所走的道路。"①

1992年　三十九岁

年初,参与上海中长篇小说奖的评委工作。

5月,第二本编年体文集《马蹄声声碎》由学林出版社出版。

评论《余华小说与世纪末意识》刊于《作家》1992年第5期。陈思和指出:"即使惨祸劫难以后令人齿寒的反省,艺术家的神经也远未感触到西方文学中'末日意识'的深度,那半是呻吟半是哭诉的'伤痕文学'、'反思文学'、控诉文学,以及1985年以后奇奇怪怪的现代主义的撒娇与高蹈构成的五光十色的文学图景中,唯独缺了对最后审判的预感……只有一个天才的心灵敏感地意识到

---

① 陈思和:《自题〈羊骚集〉(辛未)》,《鱼焦了斋诗稿初编》,桂林:漓江出版社2013年版,第60页。

这种恐怖,他属于冥想型的人物,用平淡的笔调未卜先知地为当代人书写了一篇篇讣文:《一九八六年》、《河边的错误》、《现实一种》……这个人的名字就叫余华。……余华小说作为一个整体笼罩着无以排遣的恐惧与忧虑,作者几乎完全回避了世俗流行的话题,只是用一双未卜先知的眼睛阴沉沉地打量着这个世界。从对残酷本性的挖掘到对宿命的探究,他所揭示的末日感完全不同于西方世纪末文学的狂热与绝望,而是充溢了东方智慧式的静穆内省。"此文是陈思和给台湾诗人林燿德的一封信,向海外推荐余华的作品。

评论《还原民间:关于〈九月寓言〉的叙事与意蕴》(《文学评论家》1992年第6期),借评论张炜的长篇小说《九月寓言》,提出了关于民间理论的初步观念。张炜也是陈思和非常喜欢并长期跟踪阅读的当代作家。

从当时开始恢复活力的文学创作——张承志《心灵史》、王安忆《叔叔的故事》、贾平凹《废都》——中感受到一股与主流意识形态分道扬镳、走向民间的思潮。在此后的论文中,陈思和认为,把上述作品"列在一个平面上去讨论其民间意义,并没有要混淆其不同价值指向的意思,不过是想从中找出一些有关民间这一含义在当代文学中的特点,即它的非同一性和清浊兼包性,虽然他们各取了宗教、自然、世俗为具体的价值指向,但是同样体现了与政治标准和知识分子人文标准相区别的另一种价值标准"。陈思和进而以年表方式排列了这些作品产生的背景,发现民间意识在当代文学史上的发展自有其独特的轨迹,"无论是政治事件还是知识分子的话题,对这些作家的创作都没有构成直接的影响。与这种状况相对应的是这些作品问世以后,政治意识形态和知识分子的主流意识形态对它们也表示出惊人的冷淡。应该说这也是意料之中的,民间自有民间的道路,一种价值取向的确立本来也无需另一种价值取向来认可。但这给我们从事研究者制造了困难,也就是说,当我们面对了这一类文学现象时,我们是否可能首先改变一下自己的传统,就像张炜说的融入田野一样,融入一个新的话语空间?"[①]应该说,这是陈思和对转型时期当代文学特征的一个重大发现。

[①] 陈思和:《民间的还原:"文革"后文学史某种走向的解释》,《陈思和自选集》,桂林:广西师范大学出版社1997年版,第241—242页。

评论《略谈"新历史小说"》刊于《文汇报》1992年9月2日(该文被收入香港三联书店出版的《文学与表演艺术》一书,陈炳良编),对从新写实小说创作思潮中派生出来的新历史小说的特点做了描述。

本年,获国家教委颁发的霍英东基金优秀青年教师三等奖。

本年,指导硕士研究生:张业松、何清。

1993年　四十岁

上海知识界发起人文精神寻思的大讨论,其触发点是市场化、商品化冲击下,人文精神出现的危机。由于旧有计划经济体制下文化工作长期都回避利益问题,因而当商品经济大潮袭来之后,知识分子顿时失去了经济地位(也包括心理适应)上的平衡,最浅显的表现即是坚持纯粹精神劳动的作家不能凭此来改善自己的生活,而与此同时,其所从事的事业在经济体制改革的过程中也日益被挤向了社会的边缘。这些切身相关的价值及生存难题,造成了1990年代以来知识分子内部出现的精神混乱,有的知识分子放弃自己的岗位和使命,而把所谓"生存"放在第一位,为了"生存"(事实上,也就是为了在商品经济的大潮中也能获得相应的经济利益),部分作家争相"下海经商",变成"经济型文化人",也有些作家在追逐商业利润时丧失了精神上必需的自律,炮制大量媚俗的作品。深入来看这种文化现象,可以发现其中暴露出中国知识分子长久处在计划经济体制下所产生的某些痼疾,这就是其独立人格的萎缩与丧失,正是这种精神上的巨大残缺才导致知识分子主体精神在商业冲击下那样不堪一击,并进而形成了愈加恶劣与粗鄙的物质拜物教。由此引发了人文精神大讨论。讨论最初由王晓明等人的对话《旷野上的废墟——文学和人文精神的危机》揭起,很快吸引了知识界诸多专家、学者以及文坛各派人物的加入,《上海文学》、《读书》、《钟山》、《文汇报》等报纸杂志都组织了热烈讨论。陈思和参与的对话主要有:《人文精神何以成为可能?——人文精神寻思录之一》(《读书》1994年第3期,对话者:张汝伦、朱学勤、王晓明、陈思和)、《道统、学统与政统——人文精神寻思录之二》(《读书》1994年第5期,对话者:许纪霖、陈思和、蔡翔、郜元宝)。陈思和个人意见的集中表述可参看:《关于人文精神的独白》(收入《犬耕集》)、《关于"人文精神"讨论的一封信——致坂井洋史》(《天涯》1996年第1期,收入《犬耕集》)[①]。陈思和指出,人文精神讨论深刻地显示出无名时代的到来,大一统的价值理念无法再维持其权威性,这是文学界自身引发的、完全没有官方授意的、对于未来精神走向的激烈争论;其理论探讨的落脚点则应该回到知识分子的现代传统和民间岗位上来。面对着市场经济和商品化的侵入,知识分子营垒出现了分化与裂痕:坚守人文精神者忧虑裹挟着金钱物欲的世俗化会腐蚀、淹没理想[②];而肯定世俗化的人则担心批判商品化与拜金主义的同时会连带着将市场经济一并否定,确实,以王蒙为代表的论者正是出于对极左路线与专政体制的预防与恐惧而质疑人文精神。[③] 面对这样的质疑,陈思和认为:

---

① 参看陈思和:《关于人文精神讨论的一封信(外两封)》,《脚步集》,上海:复旦大学出版社2010年版,第135—147页。
② 参看张承志:《清洁的精神》,《十月》1994年第1期;张炜:《拒绝宽容》,《中华读书报》1995年2月15日。
③ 参看王蒙:《躲避崇高》,《读书》1993年第1期;王蒙:《沪上思絮录》,《上海文学》1995年第1期。

人文精神的讨论并不能归结为拥护或反对、选择或拒绝的简单态度,而是如何在市场经济的社会体制下保持和发扬知识分子原有的精神传统。"人文精神终究是在社会实践中的人文精神,并没有一种外在于知识分子实践的人文精神完美地等待着我们去发现","本来就没有什么现成答案的,需要我们每一个人自觉地在实践过程中去探索"。①

论文《知识分子在现代社会转型期的三种价值取向》刊于《上海文化》创刊号。该文将转型期知识分子的价值取向概括为三种意识:失落了的古典庙堂意识、虚拟的现代广场意识和正在形成中的知识分子岗位意识。尤其精辟地剖析了"五四"以来中国知识分子广场意识的虚幻性:"'五四'第一代知识分子,由于承担着继往开来的责任,他们在接受西方文化时,已经有了足够的传统文化的准备,这一点他们也许没有自觉到,但他们的思想和学术中确实有一种学贯中西的大气象。这是他们较之以

---

① 陈思和:《关于人文精神讨论的一封信(外两封)》,《脚步集》,上海:复旦大学出版社2010年版,第138页。

后数代人所具有的不可企及的优势,以后的知识分子被广场的意象刺激着,在巨大的功名利欲和虚幻的英雄主义之中沉浮激昂,却没有考虑他们作为知识分子的自身价值究竟在哪里,'五四'的启蒙精神留给他们的遗产,渐渐地变成了抽象的道德责任和人格榜样,这就形成了知识分子在救世活动中热情有余而能力匮乏、批评深刻却空无建树的局面。这种广场意识价值取向上的虚妄,决定着这些热情最终不能落到实处";因此,"只有弄清楚今天我们知识分子的价值究竟在哪里、如何确立自己的岗位并发挥自己的作用,这大约是从虚拟的广场意识中撤退出来后唯一可做的事情"。该文是陈思和关于现代知识分子课题研究的又一成果,反思"五四"知识分子广场意识的虚妄与偏狭,并不是要取消知识分子的精英传统,而是希望知识分子在新的历史环境下对自身的处境立场、工作岗位有更加清醒和更加积极的认识。正如何言宏所说:"在当时中国知识分子的广场激情甫才受挫的特殊语境中,这样的概括无疑需要极大的思想勇气和历史预见性,也很自然地引起了误解,……表面上看,从广场向岗位的撤退是对知识分子批判精神的背离和对现实的妥协,但在实际上,却是使知识分子的社会介入更加切实和有效的历史性调整。所以我认为,在当代中国知识分子的精神与思想历史中,陈思和的《知识分子在现代社会转型期的三种价值取向》是一篇相当重要的文字。这种重要性,首先当然表现于它在当时的思想勇气,表现于它率先和敏感地预见了后来出现的中国知识分子必然从广场撤回岗位的现象,现在看来,也许更加重要的,是它同时提出的对于岗位的辩证理解。"①所谓"岗位",一方面是指知识分子的具体职业,当然在谋生之外,还包括了学术责任与社会责任;另一方面"孕含"了一层"更为深刻也更为内在的意义",即知识分子对文化传统精血的维系与发扬。这是一个辩证的概念,具体而微的工作中有"上出"的旨向,而超越性的精神则融化于普普通通的岗位中;这甚至不只是一个抽象的理论概括,而必须通过生命实践来践履。陈思和的学术活动,大致不出著书立说、编辑出版、教书育人,有意探索三者

---

① 何言宏:《陈思和教授的学术世界》,《渤海大学学报(哲学社会科学版)》2007年第3期。

之间达致圆通的可能性与限度,以此来把握知识分子的民间岗位。

《现代出版与知识分子的人文精神》刊于《复旦学报(社会科学版)》1993年第3期。该文指出,出版乃是知识分子实现自身价值的安身立命之地。在陈思和看来,出版恰恰契合了知识分子岗位的两层含义:它既是知识分子安身立命、发扬理想的天地;又是文明成果得到积累、文化传统得以流传的重要载体。

本年,被评为教授、博士生导师,跨两个学科指导研究生:在中国现当代文学专业指导20世纪文学史的研究方向,在比较文学专业指导中外文学关系的研究方向。获上海市教卫办颁发的上海市优秀教育工作者称号。作为学生的张新颖这样说:"陈思和老师的职业在教育,直接形式是口传,那就只有身受者得益了。对教育,他的热爱是难以言说的。他讲中国现代文学史,已经有许多年了,但每次上课前必备课,常常是上午的课,早晨四点多钟即起,找参考书,写内容提纲。……同样一个名字的课业,却有不少学生听了不止一次。……陈思和老师对他周围的学生倾心倾力的关怀往往使身受者无以言谢。而看着自己所关心的青年人一步步的成长,他当然心感欣慰。他营造了一种很令外人羡慕的师生关系,在其中投射了具有提升伟力的精神能量。精神能量的循环流通在当代人间恐怕不是那么易得的,也正因此更加凸现了身受者的幸福感。"①

本年,指导硕士研究生:冯进、鲁贞银。

1994年　四十一岁

1月,连续发表两篇探讨民间文化形态与文学史关系的论文:《民间的沉浮——从抗战到"文革"文学史的一个尝试性的解释》(《上海文学》1994年第1期,该文获教育部普通高等学校第二届人文社会科学研究成果奖三等奖)、《民间的还原——"文革"后文学史某种走向的一个解释》(《文艺争鸣》1994年第1期),将"民间"这一早已有之的概念放入文学史研究领域,作为一种新的

---

① 张新颖:《一个当代知识者的文化承担》,《歧路荒草》,上海:上海人民出版社1996年版,第168—169页。

研究视角来探讨文学现象;通过梳理现代知识分子立场、文学文本的审美内涵及其现实意义,来阐释民间的多层次理论意义,并且探讨其在不同历史阶段呈现出的不同性质和特点。陈思和这样来定义"民间文化形态":首先,它是在国家权力控制相对薄弱的领域产生,保存了相对自由活泼的形式,能够比较真实地表达出民间社会生活的面貌和下层人民的情绪世界。其次,自由自在是它最基本的审美风格。第三,独特的藏污纳垢的形态。在实际的文化研究中,"民间"所涵盖的意义要广泛得多,其中还应包括作家的写作立场、价值取向、审美风格、文化修养等等。"民间"是一个具有"生产性"的文学史理论,衍生出"民间隐形结构"等概念,该概念指当代文学(主要是1950年代和1960年代的文学)作品,往往由两个文本结构所构成——显形文本结构与隐形文本结构。前者通常由国家意志下的时代共名所决定,而后者则受到民间文化形态的制约,决定着作品的艺术立场和趣味。以上述理论视角来梳理20世纪中国文学史,解决了很多以往的文学史框架中无法容纳的问题。对此,王光东、罗兴萍等学者"接着做"了不少深入的后续性研究。① 同时,"民间"也为1990年代以来的文学创作提供了新的研究视角和研究空间,对于张炜、张承志、莫言、余华、贾平凹、阎连科等一批优秀作家的创作提供了新的解读方式。"民间"理论的提出产生了深远影响,南帆肯定其"强大的整合功能"。② 张清华认为:陈思和"对大量红色文本、甚至'样板戏'中所隐含的'民间隐形结构'的离析,堪称是一个实践的范例。这个'发现'的意义在我看来,甚至要比'民间理论'本身的现实意义还要大。……可以说是重新'复活'了大量特殊时代的文本,赋予了它们以新的生命——在文学的审美属性失去了现代性精神根基的时代,是民间文化形态支撑了它们。而蛰伏的民间文

---

① 民间理论提出以后引起一些争鸣。有些学者质疑对民间文化形态的价值期待过高,或者认为民间的藏污纳垢与知识分子的启蒙精神是对立的,知识分子走向民间就意味着自身精神品格的丧失,"意味着走向传统和丧失现代性"。代表性的商榷意见可参考李新宇:《泥沼前的误导》,《文艺争鸣》1999年第3期。对此商榷意见的回应可参考王光东:《民间与启蒙——关于九十年代民间争鸣问题的思考》,《当代作家评论》2000年第5期。王光东的专著《民间:作为中国现当代文学研究的视野与方法》(东方出版中心2013年版)、罗兴萍的论文集《英雄·凡人·文学史》(上海大学出版社2009年版)等都是在陈思和"民间"理论影响下著述的。
② 南帆:《民间的意义》,《文艺争鸣》1999年第2期。

化结构作为一个可以不断复活的元素,在新的思想视野的激活下,它们又会重新绽放出内部的生命光彩"。① 王光东认为:"关于民间的理论以及在大板块整合文学史的学术研究是一个开放的系统,在此一个具有新意和深意的文学史的学术研究是一个开放的系统,在此一个具有新意和深意的文学史世界正变得愈来愈明晰。"②"民间"不仅是一个文学史理论,也是陈思和思考现代知识分子历史传统和现实处境的延续。陈思和属于在"五四"新文化传统中醒悟人生的一代学者,能够自觉地将"五四"的知识分子传统视为自己的传统,并且有意无意地作为行动的参照,"但在事实的经验上,我又十分明显地看到了这一传统自身所存在的局限","在后来的知识分子道路上埋下了严重的隐患",因此,"希望在坚持五四传统的同时再进一步跳跃出去,融入到更大的学术传统中去安身立命"。③ "民

---

① 张清华:《本土性·生长性·知识分子性——关于陈思和的文学批评》,《渤海大学学报(哲学社会科学版)》2007年第3期。
② 王光东:《陈思和学术思想的意义》,《文艺争鸣》1997年第3期。
③ 陈思和:《犬耕集》"后记",《犬耕集》,上海:上海远东出版社1996年版,第251页。

间"的意义也并不仅在理论层面上,还包括寻觅、发扬被散落在民间世界里的人文信息与传统,结合潜在的健康力量参与到对当代生活的改造中,发挥一个知识分子应该承担的职能。关于民间理论和知识分子岗位意识的探讨,都可以看作是在这方面的努力。

3月,第三本编年体文集《羊骚与猴骚》由上海人民出版社出版。内收"自己的书架"甲、乙两集,分别谈外国文学与中国文学,这些文章原先发在《海南日报》副刊、香港《大公报》副刊与上海《文学角》杂志上,皆为制式短小的读书随笔,杂驳随意而下笔自由,"曲曲折折也罢,声东击西也罢,终能让人一吐而快"。[①] 而"自己的书架"之名,取自知堂"自己的园地"。

得到企业家朋友王欣的资助,建立起"火凤凰学术著作出版基金",挂靠在巴金、王元化等前辈领衔的"上海文学基金会"旗下正式运作。合作者有金永华、张珏等。筹划出版的第一套丛书即由陈思和与王晓明联袂主编的

---

① 陈思和:《羊骚与猴骚》"自序",《羊骚与猴骚》,上海:上海人民出版社1994年版,第6页。

"火凤凰新批评文丛",由学林出版社陆续推出,共十二种。出版社出这套文丛,初版印了3 000册,结果在图书订货会上一经推出,征订数达到4 000多册,后来重印多次。此举既在当时文坛空气普遍沉闷的状况下开出一片文学批评的"绿洲",又不妨视作新形势下"君子善假于物"的尝试,在经济大潮中寻觅、把握宏扬人文精神的契机。这也是陈思和素所追求的,通过切实的工作与实践,承传、播散知识分子的理想与精神。"火凤凰新批评文丛"(以及稍后策划的"逼近世纪末批评文丛")推出了一批1990年代成长起来的海上文学批评新人与年轻学者,如郜元宝、张新颖、胡河清、王彬彬、杨扬、罗岗、薛毅等等("火凤凰"出版的基本上都是他们的第一本学术著作),除胡河清早逝外,其他人日后都在自己的学术领域内取得了令人瞩目的成就。

12月,第四本编年体文集《鸡鸣风雨》由学林出版社出版。该著后获上海市哲学社会科学优秀成果著作三等奖。

本年,指导博士研究生:郑文晖。

1995 年　四十二岁

继"火凤凰新批评文丛"后,和李辉策划了第二套丛书"火凤凰文库",以一批老知识分子的风骨文章为主打,如巴金《随想录》、贾植芳《狱里狱外》,抗衡文化市场流行的软性读物,也切实实现了"火凤凰学术著作出版基金"实践知识分子的理想、探索其传播可能性的目标。丛书由远东出版社陆续出版,共二十五种。其中较有影响的还包括沈从文《从文家书》、张中晓《无梦楼随笔》、于光远《文革中的我》等。

9月,《逼近世纪末小说选(卷一,1990—1993)》由上海文艺出版社出版,编选者为陈思和、张新颖、李振声与郜元宝。该书系原计划逐年推出一卷,直到2000年,共八卷①,后实际出版五卷。该书系是对1990年代文学一次极为个人化的存档,其所具的眼光,及对当代小说在跨越世纪之门时呈现的可能性的探讨、求证,在今天看来仍

---

① 按:1990—1993年合为一卷,1994—2000年每年独立成卷,共八卷。

具有超前性、预见性。比如,卷二曾选入王小波的《革命时期的爱情》,而当时王小波在国内并无太大名声。陈思和为每卷撰写长篇序言①,提出了1990年代"无名"文化的特征,及在此文化状态下小说创作的新变:在1990年代,"文化上的困境对知识分子来说是一个严峻的考验:使原来意义的知识者既失掉了精神的依据又失掉了物质的保障。为了逃避这种困境,有些知识分子不惜制造出一个又一个有关这个时代的神话来欺骗自己,把肉麻当潇洒,视怯懦为幽默,但真正严肃的文化工作者并没有放弃内心紧张的思考和探索,也许时至今日,思考和探索才成为知识分子的真正岗位——在时代含有重大而统一的主题时,思考和探索的材料均来自于时代话语,个人的独

---

① 这几篇序言后来一并收入陈思和论文集《不可一世论文学》(人民文学出版社2003年版)中,修订后的题名分别为:《跨越世纪之门——〈逼近世纪末小说选(卷一,1990—1993)〉序》、《变化中的叙事与不变的立场——〈逼近世纪末小说选(卷二,1994)〉序》、《碎片中的世界与碎片中的历史——〈逼近世纪末小说选(卷三,1995)〉序》、《个人经验下的文学与所谓"冲击波"——〈逼近世纪末小说选(卷四,1996)〉序》、《多元格局下的小说文体实验——〈逼近世纪末小说选(卷五,1997)〉序一》、《"何谓好小说"的几个标准——〈逼近世纪末小说选(卷五,1997)〉序二》。

立性是掩盖在时代的大主题之下得以实现的,我们不妨把这样的时代主题称作一种'共名',所有的文化工作和文学创作都是这时代的'共名'所派生。共名对知识者来说既是思想控制也是思想出发点,从某种意义上说,也可以把这种状态下工作的知识者称作是时代精神的'打工者'。而当时代真正进入'无名'状态时,那种重大而统一的主题再也拢不住民族的精神走向时,原先靠'共名'来思考和探索的知识者陷入了南郭先生的尴尬境地"。[1]但也正因为无名状态拥有多种时代主题,构成相对多层次的复合文化结构,才有可能出现文学多元走向的自由局面;各种文学思潮和写作现象逐鹿文坛,谁也占据不了主导性地位。而作家的立场也发生变化,从共同社会理想转向个人叙事立场。此外,这些序言也显示出批评家的独到眼力与其文学批评的显著特征。比如,《逼近世纪末小说选》多次选入韩东、朱文的小说,陈思和在各卷序言中也不惜篇幅地加以解读,而在当时一般的评论意见

---

[1] 陈思和:《变化中的叙事与不变的立场——〈逼近世纪末小说选(卷二,1994)〉序》,《不可一世论文学》,北京:人民文学出版社2003年版,第181页。

中,置身于社会边缘的新生代作家很难得到负责的理解。陈思和这样解释他的"钟爱有加":"我之所以不强调小说里的放浪形骸因素,也不是看不到,只是觉得这些因素对这些作家来说并非是主要的精神特征。'无名'的特点在于知识分子对某种历史趋向失去了认同的兴趣,他们自觉拒绝主流文化,使写作成为一种个人性的行为。但个人生活在社会转型过程里仍然具有自己的精神立场。"① 在"放浪形骸"中提取出含藏其间的锐气,这多少得冒一点火中取栗的风险,"我愿意把这些作品中一些隐约可见的创意性因素发扬出来,愿意看到这一代作家潜藏在自己内心深处的真正激情被进一步发现,而不愿意看到一些似是而非的理论去助长新生代创作中的平庸倾向"②,"说得坦率些,在多元的世纪末的文学语境里,我更企望看到的正是那些从个人性叙事立场中提升的知识分子的

---

① 陈思和:《"无名"状态下的90年代小说——答〈小说界〉编辑问》,《豕突集》,上海:汉语大词典出版社1998年版,第285—286页。
② 陈思和:《碎片中的世界与碎片中的历史——〈逼近世纪末小说选(卷三,1995)〉序》,《不可一世论文学》,北京:人民文学出版社2003年版,第195页。

现实战斗精神"。① 上述话语清晰显示出陈思和文学批评的重要特征,"君为李煜亦期之以刘秀"②,始终以建设性的态度,扩张、敞亮创作者在追求"艺术真实"的过程中原先构想的"微弱的影子"③,进而将批评者主体的理想中的"应当怎么样"放入具体分析,由此,文学批评成为一种实践,以求改变文学创作乃至社会生活中不尽如人意的因素。

《民间与现代都市文化》刊于《上海文学》1995 年第 10 期。陈思和指出,现代都市民间的价值取向具有"虚拟性"。至于民间文化形态在现代都市文学中出现,即新

---

① 陈思和:《"何谓好小说"的几个标准——〈逼近世纪末小说选(卷五,1997)〉序》,《不可一世论文学》,北京:人民文学出版社 2003 年版,第 252 页。

② 陈思曾这样来表述其文学批评的关怀:"我明知当时的创作至少在作家主观上并没有达到我所想象的程度,但我总是愿意把我认为这些创作中最有价值的因素说出来,能不能被作家们认同或有所得益并不重要,我始终认为文学评论家与作家本来就应该站在同一起跑线上,用不同的语言方式来表达对同一个世界的看法。"参看陈思和:《笔走龙蛇》"新版后记",《笔走龙蛇》,济南:山东友谊出版社 1997 年版,第 424 页。

③ 雪莱说过:"流传世间的最灿烂的诗也恐怕不过是诗人原来构想的一个微弱的影子而已。"参看雪莱:《为诗辩护》,《西方文艺理论名著选编》(中),伍蠡甫、胡经之主编,北京:北京大学出版社 1986 年版,第 78 页。

文学传统与现代都市通俗文学达成了艺术风格上的真正融合,却是在沦陷中的现代都市上海完成的。可以从这种历史性转变的角度出发,探讨张爱玲的传奇创作。《当代都市小说创作中的民间形态之一:现代读物》载《文学世界》1995年第6期。在庞大复杂的现代都市民间文化领域中,现代读物只是其中一个部落,而文学性读物又是这个部落中代表较高层次的部分。知识分子对读物的参与,或许在一定程度上提高了读物的品味,但也必然会付出代价,比如消解知识分子的启蒙精神,使人们"放弃对现实世界的改造和批判责任"。

本月,参加新加坡国家文艺局举办的文学评奖活动。

是年11月至次年4月,作为早稻田大学交换研究员,在东京住了半年。受到日本学者杉本达夫、坂井洋史、山口守、尾崎文昭、千野拓政等热情招待,安排其讲学,并有机会拜访了丸山昇、伊藤虎丸、木山英雄等前辈学者。当时与日本学者的交流,主要围绕知识分子的现实处境,以及中国学界关于人文精神的讨论而展开。

12月底,从日本去香港,参加香港中文大学中文系主办的中国文学史研讨会,与王晓明教授联合发表对话《知识分子的新文化传统和当代立场》(载《当代作家评论》1997年第2期)。

本年,担任复旦大学人文学院副院长。

本年,指导博士研究生:张业松、段怀清、孙宜学、郝瑞、金炅南。

指导硕士研究生:宋明炜、李喜卿。

1996年　四十三岁

2月,第五本编年体文集《犬耕集》由上海远东出版社出版。这是陈思和最喜欢的一本文集。他认为自己的学术道路与格局大致有三个方面:从巴金、胡风等传记研究进入以鲁迅为核心的新文学传统的研究,着眼于现代知识分子人文精神和实践道路的探索;从新文学整体观入手,探索文学史理论创新,梳理学术传统,进行学科建设;从当下文学的批评实践出发,尝试去参与和推动创作。《犬耕集》是以上学术道路和格局"初具形态的一个文本","'犬耕'一词固然有力不从心之意,但也包含了努力实践、不计成败的决心"。①

4月,在日本早稻田大学作题为"我往何处去——新文化传统与当代知识分子的文化认同"的演讲。演讲稿整理后,由坂井洋史翻译,刊于日本《世界》杂志第6、7期,后刊于《文艺理论研究》1996年第3期。文中介绍了陈思和从导师贾植芳先生身上感受到的鲁迅—胡风的承传意义,这样的汇合,大致上可以表达陈思和对于新文学精神传统流变的清理和思考,也表达了其自身的当代立场。

6月,陪同贾植芳先生赴台湾参加百年中国文学研讨会。结识了梅新、无名氏、焦桐、王德威等台湾作家学者以及海外作家严歌苓等。会上作了题为"共名与无名:百年中国文学管窥"的发言报告。

7月,《理解九十年代》由人民文学出版社出版。收录了陈思和与李振声、郜元宝、张新颖、严锋等几位朋友在1994至1995年间的文学对话。这组对话曾在《作家》

---

① 陈思和:《编年体文集(一九八八——一九九九)新版后记》,《当代作家评论》2010年第4期。

杂志上连载,逐个讨论余华、张承志、张炜、王安忆、刘震云和朱苏进六位作家的新近创作,"寻找和确定描述九十年代文学的某种有效的价值原点,以及世纪末文学向过去和未来伸展的多种精神渠道"。① 书中还有一组内容是陈思和为《上海文学》杂志"批评家俱乐部"栏目主持的两次讨论和一篇访谈录。正逢市场经济大潮冲击人文学科的时候,"我们当时很寂寞,但是希望在不断的对话与交流中巩固我们自己的专业理想和岗位意识"。② 该书内容 2004 年收入《谈话的岁月》再版(复旦大学出版社)。

9 月,第六本编年体文集《写在子夜》由上海人民出版社出版。

论文《共名与无名:百年中国文学管窥》刊于《上海文学》1996 年第 10 期。"共名"与"无名"是一对指涉文化形态的相对立的概念。所谓"共名",是指时代本身含有

---

① 郜元宝:《理解九十年代》"序",《理解九十年代》,陈思和等著,北京:人民文学出版社 1996 年版,第 3 页。
② 陈思和:《谈话的岁月》"前言",《谈话的岁月》,陈思和主持,上海:复旦大学出版社 2004 年版,第 3 页。

重大而统一的主题,知识分子思考问题和探索问题的材料都来自时代主题,个人的独立性因而被掩盖起来。所谓"无名",则是指当时代进入比较稳定、开放、多元的社会时期,人们的精神生活日益变得丰富,那种重大而统一的时代主题往往拢不住民族的精神走向,于是出现了价值多元、共生共存的状态。"共名"与"无名"的理论,陈思和最早在1995年为《逼近世纪末小说选(卷二,1994)》所写的序言里提出,后来以"这两种状态下的文学创作现象为考察对象,对百年来的中国文学发展规律作一些讨论"[1],形成正式论文。此后,在《试论90年代文学的无名特征及其当代性》《简论抗战为文学史分界的两个问题》等文章中又有所发挥、深入。上述文学史理论的提出一方面是"整体观"方法论观照下的又一成果,另一方面则体现出陈思和对1990年代文学的理解。在很多论者眼里这是一个退步、让人失望的文学年代,陈思和却是从积极意义上来给出整体把握:随着知识分子精英集团的瓦

---

[1] 陈思和:《共名与无名:百年中国文学管窥》,《上海文学》1996年第10期。

解与商品大潮的冲击,曾经弥漫在1980年代"改革开放"的"共名"周围的二元对立思维模式逐渐发生改变,意识形态争斗逐渐淡化,整个社会文化空间日益开放,文化的共名状态开始涣散,为那种更偏重个人性的多元化的无名状态所取代,而作家的立场也发生变化,从共同社会理想转向个人叙事立场。尽管从政治热情、人文精神以及道德节操等方面衡量,1990年代是一个节节败退的时期,但异端丛出、王纲解纽却为文学提供了自由的想象与创作空间,"从发展的眼光看,1990年代对于大多数作家来说是一个分化、并且酝酿着巨变的时期,直接导致了二十一世纪头一个十年文学创作的新的飞跃"。① 无名状态与民间立场相配合,基本上构成了陈思和观察1990年代以来文学的理论视角。

11月,接受斯德哥尔摩大学文学院的邀请,去瑞典参加主题为"沟通"的国际研讨会,与陈迈平、余华等当代作家们有了直接交往。

---

① 陈思和:《编年体文集(一九八八——一九九九)新版后记》,《当代作家评论》2010年第4期。

本年,指导博士研究生:张新颖、孙晶、鲁贞银、安承雄。

指导硕士研究生:周涵嫣、汪凌。

1997年 四十四岁

主持编辑了两套"逼近世纪末"系列丛书(山东友谊出版社出版):"逼近世纪末批评文丛"(七种)和"逼近世纪末人文书系"(十种),分别对应此前推出的"火凤凰新批评文丛"和"火凤凰文库",内容上都有延续性。5月,《笔走龙蛇》(修订版)作为"逼近世纪末批评文丛"之一出版。

5月,被中国当代文学研究会选为第四届理事,以后各届一直连任理事。2000年5月起当选为副会长迄今。

6月,论文集《还原民间》由台湾东大图书公司出版。

7月,学术随笔集《黑水斋漫笔》由四川人民出版社出版。

本月,获得台湾联合报系资助,在台湾中研院学术访问一个月,拜访了台湾学者尹雪曼、王蓝、许俊雅、沈谦等,在他们的帮助下,阅读大量台湾文学资料,对陈思和以后的学术研究有了进一步的开拓。

9月,"火凤凰青少年文库"(十五辑共九十种)由海南出版社分批推出。这是"火凤凰系列"的又一品种,内容涵及古今中外,有传统文化、古典文学、现代文学、外国文学等。陈思和在1997年前后一直在做中学生人文教育的尝试,向青少年提供这样一套课外读物,正是为改善中学生的阅读环境做些努力。

本月,《陈思和自选集》由广西师范大学出版社出版。次年该书获上海市哲学社会科学优秀成果著作一等奖。

《也谈"批评的缺席"》载《南方文坛》1997年第6期。出于对无名状态的深刻体察,陈思和对"批评的缺席"之类的说法不以为然:"这种抱怨背后的社会心理相当复杂,既有权力者对批评失控后的恼怒,有知识分子对文学批评与时代'共名'传统姻缘的追怀,也有批评自身在新的文化状态下的不适应。""人们之所以感到批评的缺席,只是表明了关于批评的传统观念没有改变,一种陈旧的批评观念仍在作祟,那就是片面地以为批评必须与话语权力形态结合在一起,希望树立起批评的权威意识,使批评成为主宰舆论导向的力量,对文学创作构成某种威慑作用。"①

本年,指导博士研究生:刘志荣、柳珊、王友贵、周伟鸿。

指导硕士研究生:钱亦蕉、黄红宇。

1998年　四十五岁

是年9月至次年春,接受韩国瑞南财团的项目资助,以汉城大学(现改名首尔大学)访问研究员的名义,赴韩国参观访问,并应邀在汉城大学中文系为研究生教授现代文学课程。半年中结识了不少韩国朋友,尤其是与以《创作与批评》杂志为中心的一批韩国知识分子建立起友谊。次年3月,与全炯俊教授展开对话《东亚细亚的现代

---

① 陈思和:《也谈"批评的缺席"》,《豕突集》,上海:汉语大词典出版社1998年版,第183页。亦可参看陈思和:《"无名论坛"之一:关于无名时代的批评》,《牛后文录》,郑州:大象出版社2000年版,第213—214页;陈思和:《个人经验下的文学与所谓"冲击波"——〈逼近世纪末小说选(卷四,1996)〉序》,《不可一世论文学》,北京:人民文学出版社2003年版,第214页。

性与二十世纪的中国》,后刊于《东方文化》2000年第1、2期。

《重建精神之塔——论王安忆九〇年代初的小说创作》(《文学评论》1998年第6期)、《试论王琦瑶的意义》(《文学报》1998年4月23日)、《林白论》(《作家》1998年第5期)、《人性透视下的东方伦理》(1998年4月3、4日台湾有关日报)等评论文章,对王安忆、林白、严歌苓等当代作家的作品作系统分析。

与王光东、张新颖在《当代作家评论》杂志上共同主持"无名论坛"栏目,从本年第6期开始,历时三年。着重对当代作家作品和文学现象进行重新评价,以此实践无名时代批评立场的自由、追求批评家的主体性;同时,也引申出对当代文学史上各种问题的讨论,可视作"重写文学史"的接续。该栏目先后刊文所探讨的对象包括:台湾作家无名氏的创作、"潜在写作"、巴金的《随想录》、聂绀弩的旧体诗、香港文学、少数民族文学等。该栏目刊发的论文后以《无名时代的文学批评》为题结集出版(广西师范大学出版社2004年)。

12月,第七本编年体文集《豕突集》由汉语大词典出版社出版。

年底,应坂井洋史之邀(由韩国)赴日本一桥大学等演讲。

本年,在第七届中国现代文学学会年会上当选副会长。

本年,指导博士研究生:张涛甫、蔡兴水、李喜卿。

1999年　四十六岁

5月,当选为中国文艺理论学会副会长,连任迄今。

本月,参加台湾辅仁大学举办的"饮食与文学"研讨会,发表论文《现代散文创作中的谈"吃"传统》,并应邀去台湾师范大学等校演讲。

7月,论文集《新文学传统与当代立场》由山东教育出版社出版。

9月,主编的《中国当代文学史教程》(以下简称"《教程》")由复旦大学出版社出版。该《教程》虽是集体编写,但主要体现了陈思和从1980年代末开始研究当代文学史的基本观念和理论创新,可谓其个人文学史理想的实践。该著出版后,连获上海市优秀教材三等奖(2000

年)、上海市哲学社会科学优秀成果著作三等奖(2000年)、教育部优秀教材一等奖(2002年)。《教程》是目前中国高校通行的教材之一,据统计,截至2014年4月,已发行24.9万册,在韩国、日本均有翻译介绍,并得到学术界同行们的热情鼓励。洪子诚认为,《教程》"虽定位在大学文科低年级用书,但探索新的评述体系的努力显而易见。提出'潜在写作'的命题,发掘曾被压抑、掩埋的文本,并在另一些文本中发现裂缝,以显现'一体化'时期仍存在的多种文化构成。这是这一工作的价值所在"。[①] 陈晓明指出:《教程》以"'潜在写作'和'民间意识'作为理论支撑点,重新清理现当代中国文学史",无疑是"开创性的,并且卓有成效",尽管若干问题引起争议[②],但"这些探索和争论都表明文学共同体的一种努力,那就是回到更丰富复杂

[①] 洪子诚:《近年的当代文学史研究》,《郑州大学学报(哲学社会科学版)》2001年第2期。

[②] 参看李杨、洪子诚:《当代文学史写作及相关问题的通信》,《文学评论》2002年第3期;李杨:《当代文学史写作:原则、方法与可能性——从陈思和主编的〈中国当代文学史教程〉谈起》,《文学评论》2000年第3期;李润霞:《"潜在写作"研究中的史料问题》,《中国现代文学研究丛刊》2001年第3期。

的历史本身。在一个更广大深远的视角去看待现代以来的中国文学"。① 杨扬认为:"作为本科生的教学课本,我感到这本书开创了一种文学史的趣味。我们不妨去翻阅一下现在所用的各种文学史教程,可以说绝大多数教程都是面目可憎,不仅内容千篇一律,而且文笔枯涩,简直让人难以阅读。但面对这本文学史教程,我感受到一种阅读的愉快。"②

《试论当代文学史(一九四九——一九七六)的"潜在写作"》刊于《文学评论》1999年第6期。"潜在写作"是当代文学史上的特殊现象:由于种种历史原因,一些作家的作品在写作其时得不到公开发表,要等到特殊的历史时期结束之后(例如"文革"结束后)才能公开出版发行。"潜在写作"这一概念的提出,是为了说明20世纪中国文学创作的复杂性,"潜在写作"的文本所反映的那个时代知识分子严肃的思考,是当时精神现象不可忽视的有机组成部分,也只有将这些属于过去时代的文本放在其酝酿和形成的

---

① 陈晓明:《现代性与文学研究的新视野》,《文学评论》2002年第6期。
② 杨扬等:《重写文学史:建构与检讨——〈中国当代文学史教程〉学者谈》,《杭州师范学院学报(社会科学版)》2000年第5期。

背景下考察,将地底下的被遮蔽的民间思想文化充分发掘出来,才能够打破"万马齐喑"的时代假象,真正展示时代精神的丰富性和多元性。① 陈思和的弟子刘志荣在《一九四九——一九七九:潜在写作》(复旦大学出版社2007年版)一书中对这一问题接着作了周彻的论述。

本年,在复旦大学为彝族作家纳张元举办了作品研讨会。

本年,开始担任复旦大学中文学科博士后流动站专家工作。指导第一个博士后倪伟。

本年,指导博士研究生:王光东、姚晓雷、蔡春华。

指导硕士研究生:张懿、张入云。

2000年 四十七岁

《传媒批评:一种新的批评话语》刊于《文汇报》2000

---

① "潜在写作"的理论视角提出后引发讨论,商榷性意见可参考李杨:《当代文学史写作:原则、方法与可能性——从陈思和主编的〈中国当代文学史教程〉谈起》,《文学评论》2000年第3期。对于商榷意见的回应,可参考王光东、刘志荣:《当代文学史写作的新思路及其可行性——对于两个理论问题的再思考》,《文学评论》2000年第4期。

年3月18日。从1990年代开始,在传统的权力批评话语和学院派的批评话语之外,传媒批评登场了,它作为大众文化的一翼有其自身运作方式与规律,知识分子的独立批判精神诚然与传媒批评本质上不相容,但并不意味着知识分子完全不能参与到传媒机制中去发出自己的声音。该文指出,"如何正面发挥它的社会批判能量,使之成为当代社会文化建设的组成部分,正取决于知识分子多大程度上参与了其中的工作"。

《现代都市的欲望文本——对"七十年代出生"女作家的一点思考》载《小说界》2000年第3期,这原是陈思和在上海文艺出版社与上海市作家协会、《文学报》联合召开的"'70年代以后'小说研讨会"上的书面发言,后经修订收入《谈虎谈兔》。该文对卫慧、棉棉反抗主流社会秩序的"另类"写作表示出同情的理解。当时不少论者认为卫慧、棉棉的小说是对知识分子人文话语的颠覆与瓦解,陈思和在文中首先反驳了这一看法:"人文精神是一种实践中的运动过程,它旨在不断改善人的生存环境,反对各种形式对人性的压抑与迫害,因此也应该反对任何形式的将道德理想凝固起来的企图,人文精神的终极性的理想价值只能通过人在各种具体历史环境下追求解放的形态体现出来,它可以或包容或吸引各种形态各种程度的反体制的批判思潮,并对任何具体历史环境下的思潮进行超越。所以在卫慧、棉棉等人的小说里,我们在一种比较'另类'的声音下,依然能够感受到年轻一代体制反叛者的恍惚而真实的心境。"她们的反叛是将身体/感性的语言作为价值取向,体现出两种可能的形式:"一种是将自己放逐到被现代文明所遮蔽的另一种文明中去,以生命的直接经验来感受文明的多元本质,以求人性丰富多姿态的存在;另一种是这身体/感性仍然被置于现代都市文明的主流模式中,它所能感受的依然是单质的现代享乐主义的文化消费方式,这样的感性虽然一定程度上能够对都市文化的主流(即中产阶级的伦理道德与游戏规则)产生某种消解力,但从本质上说,与资本主义市场的刺激消费需求是同步的,不可能再生出新的文化生命。"由此陈思和也表达了对这种写作取向的隐忧:"我阅读她们小说后有一种强烈的感觉,即这很可能是世纪末中国文坛上昙花一现的事情,不仅仅社会主流道德的强大无法容忍这种异端文化的泛滥,同时是这些作家仅仅凭个体的感性的经验也无法将另类精神升华为较普遍的审美经验。……如果联系不到人类文化的精神源头,那么,任何感性的反抗与撒野都只能是昙花一现。"

4月,第八本编年体文集《牛后文录》由大象出版社出版。以"牛后"为题,包含着对于民间藏污纳垢文化的理解,赋诗云:"非恐鸡鸣搅九天,实为牛后漫无边。昏昏默默天然界,邃邃幽幽万物鲜。败叶枯枝肥沃土,藏污纳垢涌甘泉。精英当走民间路,地顺雷行又复圆。"①

4至5月,应美国芝加哥大学唐小兵教授之邀请,去芝加哥大学讲授中国当代文学课程一个学期。同时访问了哈佛大学、哥伦比亚大学、加州大学洛杉矶分校等,在王德威引荐下,拜访了夏志清教授。

《关于二十世纪中外文学关系研究中的世界性因素》刊于《中国比较文学》2000年第4期。该理论视角的提出有一长期的酝酿过程:1980年陈思和跟随贾植芳先生从事"外来文学思潮、流派、理论在中国现代文学史上的

---

① 陈思和:《自题〈牛后集〉(丁丑)》,《鱼焦了斋诗稿初编》,桂林:漓江出版社2013年版,第66页。

影响"的理论资料汇编,此后在研究中外文学关系的过程中,深感于传统的影响研究及其背后作为方法论支撑的归纳法无法整合中外文学关系现象,陆续写过《二十世纪中外文学关系研究的一点想法》(《中国比较文学》1993年第1期)等论文,对影响比较的传统思维方法提出质疑。1997年曾发表论文《〈马桥词典〉:中国当代文学的世界性因素之一例》(《当代作家评论》1997年第2期),运用比较文学中分析世界性因素的方法,为韩少功长篇小说《马桥词典》被诬抄袭一事作辩护。正是在上述过程中,"20世纪中国文学的世界性因素"的概念逐渐清晰化:既然中国文学的发展进程已经被纳入了世界性格局,那么它与世界的关系就不可能是完全被动的接受,它已经成为世界体系中的一个单元,在其自身的运动中形成某些特有的审美意识,不管其与相关的外来文化是否存在着直接的影响关系,都是以独特的面貌加入世界文化的行列,并丰富了世界文化的内容。此后,陈思和又运用该理论来研究"五四"新文学的先锋性与西方先锋文学的对应关系。《中国比较文学》曾设专栏讨论该论题长达两年。谢天振教授指出,这是个"有着巨大研究空间的课题","为进一步开展中外文学关系研究提供了一个新的思路,对传统的拘泥于求索'事实联系'的研究方法提出了质疑",且把"研究引向了文学本身","还促使我们对比较文学方法论进行反思"。①

论文《凤凰·鳄鱼·吸血鬼——台湾文学创作中的几个同性恋意象》载《南方文坛》2000年第4期。

9月,赴台北参加有关单位举办的两岸文学发展研讨会,会上提交论文《海底事,说不尽——论台湾90年代创作中的海洋题材小说》(载《学术月刊》2000年第11期)。

本年,入选教育部跨世纪优秀人才培养计划(人文社会科学)。当选中国当代文学研究会副会长。

本年,指导博士研究生:宋炳辉、王宏图、陈晓兰、文贵良、聂伟、申宜暻。

指导硕士研究生:李丹梦。

指导博士后:徐改平。

---

① 《"20世纪中国文学的世界性因素"讨论会纪要》,《中国比较文学》2000年第2期。

2001年　四十八岁

1月,《中国新文学整体观》由上海文艺出版社再版,字数扩大到三十万字。

论文《海派文学的两个传统》刊于《上海文化》2001年第1期,修订后收入《草心集》(广东教育出版社2004年出版)。论文强调海派文化有两个传统。一个是被殖民地的特征,反映在文学艺术创作中,构成了"繁华与糜烂的同体文化模式:强势文化以充满阳刚的侵犯性侵入柔软糜烂的弱势文化,在毁灭中迸发出新的生命的再生殖,灿烂与罪恶交织成不解的孽缘",这方面的代表性作品是《海上花列传》,"它不仅揭示出上海经济繁华现象中的'现代性'蓓蕾,同时将现代都市的经济繁华与这个城市文化固有的糜烂紧密联系在一起,两者浑然不分"。另一个是早期工业文明带来的反抗性文化:从郁达夫《春风沉醉的晚上》到丁玲、蒋光慈、巴金等,一种新的海派小说诞生,他们笔下的男女主人公,"既是现代物质生活的享受者与消费者,同时又是这种现代性的反抗者与审判者。与老的海派作家不同,他们对于这个城市中繁华与糜烂的'恶之花'不再施以欣赏或羡艳的眼光,而是努力用人道的观念对其作阶级的分野,他们似乎在努力做一件事:在肯定这个城市的现代性发展的同时,希望尽可能地根除其糜烂与罪恶的坏因素"。以上构成了海派文学的两个传统:"一种是以繁华与糜烂同体的文化模式描述出极为复杂的都市文化的现代性图像,姑且称其为突出现代性的传统;另一种是以左翼文化立场揭示出现代都市文化的阶级分野及其人道主义的批判,姑且称其为突出批判性的传统。"此外,不能忽略海派文学的"民间性",尤其到了张爱玲这里,"对都市现代性的糜烂性既不迷醉也不批判,她用市民精神超越并消解了两种海派的传统,独创了以都市民间文化为主体的海派小说的美学"。

4月,应清华大学文学院邀请,做访问学者一个月。为教育部编写师资培训教材《新时期文学概说(1978—2000)》(广西师范大学出版社2001年出版)。

6月,出任复旦大学中文系系主任。对中文系的各类制度进行改革,公开经费收支项目,公开政务,成立系务委员会(教授会)来处理全系与教师相关的事务;力推本科生基础教学课程改革、创设原典精读课程。其主持的"中国语言文学原典精读"系列课程后来获得"教育部精品课程"、"国家级优秀教学团队"等奖项。

本月,第九本编年体文集《谈虎谈兔》由广西师范大学出版社出版。从1991年出版《笔走龙蛇》开始,已经完成了十二年的编年体文集。

与贺圣遂联袂主编"火凤凰学术遗产丛书",由复旦大学出版社推出,包括陈子展《诗三百解题》、潘雨廷《易学史发微》等五册。许多老学者毕其一生心血著书立说,留下了传世之作却身后无人问津,盖棺有论,出版无期。这套丛书正是资助这些著作出版、抢救学术遗产。至此,从青少年阅读、青年学者的批评、著名人文学者的文集,到老学者身后著作,都已囊括在"火凤凰系列"的视野之中,在当时出版环境恶劣的情况下,"火凤凰"尝试了知识分子自觉的抗争和努力。

8月,为海南出版社编写的全日制普通高中地方选修教材《人文知识读本》出版,其序言《人文教育的位置在哪里》(载《中国教育报》2001年9月6日,《新华文摘》

2001年第12期转载），呼吁加强青少年的人文教育。

本月，编著的《墨磨人生：柯灵画传》由上海书店推出。

年底，开始担任马来西亚《星洲日报》"花踪"世界华人文学大奖终身评委。该奖共历七届，王安忆、陈映真、西西、杨牧、聂华玲、王文兴和阎连科等两岸三地著名作家相继被推出，获得该项荣誉。

年底，赴法国参加法国高研院举办的学术会议。

本年，当选上海市作家协会副主席。

本年，指导博士研究生：郑坚、陈润华、孙燕华、李娜、石曙萍、徐润贞、木村泰枝。

指导硕士研究生：丁元骐、刘恋、曾毅峰。

指导博士后：何言宏。

2002年 四十九岁

论文《我们如何面对新世纪的文学》载《当代作家评论》2002年第2期，该文为春风文艺出版社推出的《21世纪中国文学大系》（2001卷）总序。陈思和指出，"一个真正直面生活本身、与广大社会底层的人类呼吸与共的艺术家,他本来是不会舍弃那种来自生活、又是与生命血肉相连的艺术感受的,而他所要舍弃的,恰恰是来自生活以外的,属于人类观念性的因素。如果从这样一个角度来讨论文学,那么,从上一世纪的九十年代以来,文学创作所发生的悄悄变化正是趋向这一轨迹。放弃高调,脚踏实地,以具体的个别的感性的艺术追求来开辟文学的新境界","新世纪第一年的文学创作,正是上一世纪文学走向的顺理成章的自然发展"。

上半年连续完成《试论阎连科〈坚硬如水〉中的恶魔性因素》(《当代作家评论》2002年第4期)、《欲望:时代与人性的另一面——试论张炜小说中的恶魔性因素》(《文学评论》2002年第6期)。陈思和从杨宏芹评论托马斯·曼的论文中获得启发,尝试将欧洲文学传统中提炼出来的恶魔性因素移用到当下文学批评领域,探索中国当代文学中对世界性因素的反映。恶魔性是指人性中有一种阴暗的因素,以创造性与毁灭性同时俱在的狂暴形态出现,它是一种人格形象、人性因素,也直指我们今天的社会生活状况。陈思和以张炜的创作(《蘑菇七种》、

《外省书》《能不忆蜀葵》等小说构成一个完整的"'文革'时期的夺权斗争——改革开放时期的自我释放——全球化时期的欲望追求"的中国式恶魔性因素的发展轨迹)为例探讨恶魔性因素在文学中的审美表现:它"不回避现实世界矛盾冲突的尖锐性和残酷性,或者说,它本身就是来自现代文明推进过程中的负面效应,同时又是以毁灭性的姿态表现了生命意义的对立和文明制度的精神反抗。张炜对现代性的质疑态度和对生态环境的关注,以及对民间藏污纳垢审美精神的融会贯通,都引导了他倾向于对恶魔性因素这一精神领域发掘和表现"。陈思和进而认为:"面对恶魔性其实就是面对人性自身在当今社会的种种考验与应对,因此研究恶魔性因素不仅对艺术创作而言,也是对社会发展中某种人格重铸都会带来积极的意义。"①

8月2日,慈母逝世。因父亲常年在西安工作,陈思和自小由母亲辛勤抚育,感情深厚,"临终前她还亲自选

---

① 陈思和:《欲望:时代与人性的另一面——试论张炜小说中的恶魔性因素》,《文学评论》2002年第6期。

定了一张照片,要放到她的追悼会上。她说,我的儿子有许多学生,他们会来参加追悼会,我要选一张好的照片给他们看"。①

10月,论文集《中国当代文学关键词十讲》由复旦大学出版社出版。将文学史理论研究的成果与当代文学批评结合在一起,每组凑成两篇论文,以这样一种编选体例来示范"一种学术研究的循环过程":以理论研究来推动文学批评,以批评实践来检验理论探索。

12月,参加上海作家代表团访问埃及活动,在埃及文化局发表演讲"巴金和他的作品"。

本月,主编的《巴金图传》由广东教育出版社出版。次年获国家图书奖提名奖。

本年开始,担任华东师范大学的紫江学者。

本年开始,担任教育部中文教学指导委员会委员。

本年,指导博士研究生:张懿、咸立强、陈怀琦、冯果。

指导硕士研究生:周立民。

---

① 陈思和:《平安的祈祷(代题记)》,《草心集》,广州:广东教育出版社2004年版,第2页。

指导博士后：戴从容、叶凯。

2003年　五十岁

年初,复旦大学中文系八二级学生自发为陈思和庆生,来自全国各地的三十多位学生相聚于上海浦东。陈思和即席吟诗两首《五十初度》。其一云:"人生过客步匆匆,轻抚白头明镜中。掌合当惊超百岁,膝虚尚唤爱千重。乌丝银发须臾变,秋果春华照样红。灼灼玫瑰人见醉,苦茶当酒兴当浓。"其二云:"人生过客漫匆匆,师道源源磅礴中。有隙驹飞空一片,无心柳绿蔽荫重。胜蓝颜色青惟美,偏午时分日更红。还忆当年相别语,氤氲桃李扑香浓。"[①]由此,陈思和接续了中断多年的旧体诗写作。

4月,接受上海市作家协会党组委托,出任《上海文学》杂志主编。

评论《从细节出发——王安忆近年短篇小说艺术初

[①] 陈思和:《五十初度两首》,《鱼焦了斋诗稿初编》,桂林:漓江出版社2013年版,第71—72页。

探》刊于《上海文学》2003年第7期。从这一期开始,《上海文学》推出以"月月小说"为主打的小说创作,即每月(每期)推出著名作家的两部短篇,通过这样的方式来鼓励和推动短篇小说创作的繁荣。关于为什么要提倡短篇小说,陈思和认为,近年来流行读物市场上长篇小说泛滥成灾,"而短篇小说正是因为失去了市场效应,反而少了许多牵攀和杂质,从艺术的角度说反而显得纯粹"。①

《上海文学》2003年第8期推出"西北青年小说家专号",又于次年第6期推出"广西青年作家专号"。陈思和主持《上海文学》期间大力推举边缘地区文学创作,这与其对文学的要求有关:"我觉得好小说首先要求艺术上比较单纯,比较朴素,读来有纯净澄明的感觉。在边缘地区的文学多少还保留着这些纯粹的艺术追求;而像上海这样的国际化大都市,经济建设带来了社会的变动太大,生活中的许多现象来不及给以审美的消化,作家们急于表现生活给他带来的刺激,结果反而失去了艺术的追求。

---

① 陈思和:《为什么要提倡短篇小说》,《海藻集》,桂林:广西师范大学出版社2007年版,第297页。

但这么说,并非就是上海作家写不出好作品来。艺术家大隐隐于市,照样能对生活的表面现象保持一份警惕,也照样能够沉浸到宁静的状态去观察生活,而且在变速很快的环境里找到一些更大的表现空间。"①

11月,上海市作家协会成立上海巴金文学研究会,陈思和担任会长。

12月,应北京大学出版社温儒敏之约,将课堂讲稿整理成《中国现当代文学名篇十五讲》,由北京大学出版社出版。次年,该著获得上海市哲学社会科学优秀成果著作二等奖。陈思和有感于"轻视文本阅读的治学态度渐渐地成了一种风气",而希望通过此书对文学名著的讲解,示范如何进行"文本细读"。文本细读应当从文学性出发,探讨一部作品"可能隐含的丰富内涵与多重解释,窥探艺术的奥秘与审美的独特性,而不是重返以往庸俗社会学所做过、并被实践已经证明是错误的所谓的社会学分析"。力倡文本细读也与陈思和对文学史构成与教

---

① 这段话出自陈思和接受《东方早报》记者的采访,又见《海藻集》,桂林:广西师范大学出版社2007年版,第422—423页。

学的设想相关:"只有在建立以读解作品为主型的文学史的基础上,我们才能进一步探讨以文学史知识传播为主型和以知识分子人文精神为主型的两种文学史的教学意义与可能性"。[①]

本月,论文集《不可一世论文学》由人民文学出版社出版。所谓"不可一世",是指必须将20世纪末的文学与新世纪初的文学联系起来,有些问题和现象才能看得清楚。

本年,获上海市宝钢优秀教师奖。

本年,指导博士研究生:郑纳新、李丹梦、梁艳、王进、杜慧敏、石坚。

指导硕士研究生:金理、陈婧袯。

指导博士后:庄森、周燕芬。

2004年 五十一岁

教育部首次遴选文科长江学者特聘教授,陈思和被

[①] 陈思和:《文本细读的意义和方法》,《中国现当代文学名篇十五讲》,北京:北京大学出版社2003年版,第5、10页。

聘为中文学科首位长江学者特聘教授。

论文《〈子夜〉：浪漫·海派·左翼》刊于《上海文学》2004年第1期。论文指出：《子夜》写的是吴荪甫这样"一个英雄如何进入困境"的故事，这是"典型的浪漫主义境遇"。而围绕在吴荪甫周围的一群小资形象则体现出颓废气息。浪漫与颓废是《子夜》中的两个主要元素。同时，"茅盾对于上海的描述呈现出了两个特点，就是'现代性质疑'和'繁荣与糜烂同体性'"，这正好构成了海派文学的两个传统。"茅盾笔下的那种颓废东西，不仅弥漫在资本家阶层，弥漫在小资阶层，还弥漫到工人阶层。这也就构成了茅盾自身的一种特点——虽然他有概念的东西，但是他不可遏止地要把自己的内心冲动和欲望都表达出来，而这种表达恰恰构成了小说的一个主要部分。我们平常谈《子夜》总是要从阶级、从社会分析入手，好像茅盾的《子夜》是一部社会教科书。其实我觉得真正的问题不在这里。《子夜》真正有价值的地方恰恰是茅盾用他特有的一种理想、浪漫和颓废，来描述了上海当时的环境和文化特征，成为了一部左翼海派文学的代表作。"作家林白在致陈思和的信中提到："本来你的《子夜》长论是不准备细读,因为茅盾在我的印象中,是一个按阶级分析法写小说的作家,颇无趣,但你的小标题吸引了我,'浪漫和颓废',对于左翼作家,说其浪漫尚可,说颓废就太奇怪了,于是逐字看看左翼作家如何颓废。结果是大开眼界。十分兴奋。……茅盾艺术风格里的颓废这一块被挖了出来,马上就有了艺术的光彩。作品是需要阐释的,否则尘土遮盖,芸芸众生根本看不见,阅读升不到更高的层次。"这篇解读《子夜》的文章,也是为了纠正当下批评脱离文本的倾向,提倡"文本细读"。此外,该文发表于陈思和自己主持的刊物,此举曾引来一些异议,陈思和的解释是:"稍微有一点现代文学期刊知识的人都知道,五四以来,有名的文学刊物几乎都是与主编的个人风格和文学主张联系在一起的。刊物的个性总是通过主编的风格、观念和文字来体现的。哪个主编不是在杂志上既编又写,显山露水?文化本来就是个人才能特点与公共接受之间的一种平衡,倘若没有个人的独特创造和鲜明风格的展示,就没有文化的实质性发展或推动,文化艺术的公众理想又必须通过具体的个人努力来体现的,在此,公与私是一致的。……我只是以我的形式去实践自己的编辑理想罢了。"①

4月,第十本编年体文集《草心集》由广东教育出版社出版。

论文《探索世界性因素的典范之作:〈十四行诗〉》刊于《当代作家评论》2004年第3、4期。该文于2006年获得教育部人文社会科学优秀成果二等奖。

11月,赴德国特里尔大学、波恩大学等地作系列学术演讲"世纪之交的中国文学"。

本年,应山东出版集团邀请,赴济南作题为"当代文化趋向与出版对策"的演讲,演讲录音整理而成的文章载《文汇报》2005年2月20日,发表后引起过较大反响。演讲着眼于出版策略与文化思潮的关系,指出:"最好的出版家是创造文化思潮、扭转文化潮流的人,这样的出版社是原创型的出版社,所谓的品牌,就是这样创造出来的。"

---

① 这段意见刊于《上海文学》2004年第8期"太白"栏目。"太白"是陈思和主编《上海文学》期间新设的栏目,刊登读者、作者与编者之间往返的书信。这些文字后来择要以"太白选编"为题收入《海藻集》(广西师范大学出版社2007年版)。本段中提到的林白的信也刊于此一栏目。又可参看《海藻集》,桂林:广西师范大学出版社2007年版,第406、420、421页。

文化思潮的发展有几个特点:"一个是有人为性的因素,是通过人的努力去推动的,并不是自然的、先验的或天上掉下来的;第二,这种发展变化始终存在由盛到衰的过程;第三,它的整体变化很可能是对立面的转化,很可能就是一种倾向变成另一种倾向。"联系到出版现状,陈思和认为:"其实每一个编辑都可能成为一种出版思潮或学术思潮的推动者。尤其是在今天大量的文化思潮和流行文化面前,很可能一个点子、一种努力、一本书,就改变了整个出版界,并会使出版界朝另一个方向发展。"这种出版人应该有所作为的主张,与陈思和关于知识分子坚守岗位的信念是一脉相承的。

本年,指导博士研究生:许平、金进、王进庄、王小平、胡荣、唐海东、杨萌芽。

指导硕士研究生:江淼。

指导博士后:黄擎、吴敏。

2005 年　五十二岁

1月,参与复旦大学中文系引进著名古文字专家裘锡圭及其团队的工作,并助力成立复旦大学出土文献暨古文字研究中心。中文系在整体学术实力上获得提升。

本月,《上海文学》2005年第1期因发表作家张炜的《精神的背景——消费时代的写作和出版》,引起文学界的激烈争论。

《城市文化与文学功能》刊于《上海文化》2005年第4期。陈思和指出:"真正沟通文学创作与城市文化之间的中介性的平台"是文学期刊和文学批评,"而这两者恰恰是上海文学领域的两个闪光点",可"视为这个城市的文学的标志性品牌"。上海期刊的生存环境在相当严酷的商业市场竞争中形成,可能就是出于这样的原因,上海才有了如《收获》、《故事会》、《萌芽》、《万象》等"一批个性各异、具有民间元气的期刊,形成了上海文化领域的特有景观"。除了文学期刊以外,上海文学领域另外一个亮点就是来自高校的文学批评队伍,"有一大批才华横溢的青年批评家从高校里产生出来,并且大部分都留在高校里工作,他们用自身的知识积累参与和研究当代文学,除了自己的专业以外,对当代文学的关注使他们热忱参与到社会实践中去,对上海的文学创作和文学批评作出了重要贡献。我不太赞成把这样一批学术生力军称作'学院派'。学院只是他们的学术背景。他们的学术成果是属于整个社会的,也是上海文学领域中一个最有生气的资源"。"近十多年来,在拜金主义的不良风气弥漫下,批评家们依然保持了生气勃勃的批判能力。……关键一点就是他们主要是来自高校的背景,与社会功利因素保持了一定的距离。从理想上说,高等学府应当成为当代社会滚滚浊流中的精神绿洲,拥有这样的背景的批评家们有责任来力挽狂澜,对症下药地向城市发出他们的呼吁和抗议。同时,他们既来自全国各地又有所师承,人才流动在这个领域里特别显现了优势,在师承的传统中又相对保持了清纯的文学理想和道德责任,一代一代的青年批评家的诞生,正说明了高校这一资源的源远流长的生命力。"

4月,语录集《秋里拾叶录》(王光东等辑录)由山东友谊出版社出版。

5月,巴金研究会主编的《巴金研究集刊》第1卷《生命的开花》由文汇出版社出版。同时策划"你我巴金"系列丛书,陆续由上海社会科学院出版社出版。

9月,复旦大学百年校庆,中文系举办的"庆祝中文系建系八十周年庆祝大会"隆重召开。陈思和首创"中文学科"的概念,涵盖了复旦大学中国语言文学系、复旦大学中国语言文学研究所、复旦大学古籍整理研究所和复旦大学出土文献暨古文字研究中心四个单位,共同参与中文学科的八十大庆,弥合了以往的各种矛盾,开创了"四维并举"的格局。

本月,《上海文学》编辑部与甘肃文学院联合举办声势浩大的"甘肃小说八骏"上海之旅的论坛活动,推出雪漠、张存学、王新军、叶舟、阎国强、马步生、史生荣、和军校八位作家。

本月,与法国人文之家基金会等联合开展"两仪文舍"的中法作家对话活动。陈思和认为,"所谓的'海派'是上海的国际化都市的文化环境吸引了全国的文学人才,并非本地文学人才的现成格局。当文学人才的流动受到限制以后,上海文学创作的发展也必然会受到限制。而文学期刊则相反,它恰恰能够利用上海的文化平台,汇聚起全国最优秀的文学人才的创作和思想才华,成为某一类集体的声音"。①《上海文学》杂志主办的上述活动,正是为汇聚全国乃至全世界优秀的文学声音提供了平台。

10月17日,巴金先生去世。以《从鲁迅到巴金》为总题,连续发表三篇论述巴金在现代文学史上的意义的论文:《从鲁迅到巴金:新文学传统在先锋与大众之间》(《文学评论》2006年第1期,2008年获上海市哲学社会科学优秀成果论文三等奖)、《从鲁迅到巴金:新文学的精神接力与承传》(《文艺报》2005年10月25日)、《从鲁迅到巴金:〈随想录〉的渊源及其解读》(《文学报》2005年10月27日),系统阐述新文学传统的接力从鲁迅到巴金的发展轨迹,并在《上海文学》2005年第11期推出巴金纪念专辑时、在10月25日嘉兴举办的巴金研究国际研讨会和11月22日上海市作家协会举办的巴金追思会上,都反复论述了巴金的文学史意义。

论文《试论五四新文学运动的先锋性》载《复旦学报

---

① 陈思和:《城市文化与文学功能》,《同济大学学报(社会科学版)》2005年第2期。

（社会科学版）》2005年第6期,被《新华文摘》2006年第10期、香港浸会大学学报《人文中国》第12期(香港浸会大学编,上海古籍出版社2006年5月出版)全文转载,英文版"The avant-garde elements in May Fourth New Literature Movement",发表于 *Frontiers of Literary Studies in China* Vol. 1 No. 2(高等教育出版社2007年5月出版),在国际学术交流平台上被多次提及和讨论,在国际学界具有较高的知名度和影响。该文于2010年获得教育部中国高校人文社会科学研究优秀成果一等奖。此后《先锋与常态——现代文学史的两种基本形态》(《文艺争鸣》2007年第3期)一文在先锋文学和主流文学两者的关系上进一步展开讨论。陈思和提出中国文学的古今演变中存在着"变"的两种形态,一种是依循了社会生活的发展而自然演变的文学主流,谓之"常态";另一种是以超前的社会理想和激进的断裂实行激变的先锋运动,谓之"先锋"。作为一场先锋运动的"五四"新文学运动猛烈地冲击了当时的文学主流,促进了文学史的激变,但是其本身先锋的性质也决定了它的短暂过程,决定了它和文化主流之间复杂的关系。陈思和认为,"五四"新文学运动作为一场带有先锋性的革命文学运动,它和当时席卷欧洲的先锋运动构成了世界性的对话,都以激进的政治批判态度、颠覆传统文化的决绝立场、求新求变的语言探索以及对唯美主义文艺观的批判为标志。由此,回应了海外汉学界抬高晚清、贬低"五四"的倾向,进而解决"五四"新文学的主流与其他各类文学(通俗文学、旧体文学等)之间的关系。"先锋"与"常态"这一理论视角引出了对20世纪中国文学作重新评估的价值体系(这无疑将成为陈思和主编的《中国现代文学史教程》中的叙述主线之一);对"先锋性"的召唤,也是陈思和考察当下文学发展的重要依据,比如其对新世纪文学的评估(参看其论文《从"少年情怀"到"中年危机"——20世纪中国文学研究的一个视角》、《对新世纪十年文学的一点理解》)。

因在文学史研究和当下文学批评等方面所提供的生产性与辐射力,"先锋"与"常态"理论在学界引发热烈反响。吴福辉先生在《当新旧文学界限的坚冰被打破》一文中评价道:"陈思和提出的问题其实并不局限在'五四',而是牵涉现代文学研究'整体性'、'全局性'的一个看法,即消解历来的所谓新旧文学的厚障壁,来重新阐释中国

20世纪文学的历史。"①《中国现代文学研究丛刊》《文艺争鸣》《中华读书报》等都组织了专题讨论,参与的专家包括吴福辉、王嘉良、刘勇、吴晓东、栾梅健等。

论文《简论抗战为文学史分界的两个问题》刊于《社会科学》2005年第8期。将抗战作为文学史的分界,主要理由来自这样的思考:第一,抗战改变了知识分子在中国现代化进程中的社会地位及其与中国民众的关系。战争文化规范的形成取代了知识分子启蒙文化规范;第二,抗战使中国的政治文化地图发生了改变,文学也相应地分布在不同政治性质的三个区域。与"五四"新文化规范形成冲突的当代文学观念中战争文化心理的形成,正可视为战争对文学发生的具体影响。文章还讨论了刘志荣提出的议题——抗战使一种以鲁迅为标志的文学精神产生分离,使之或者内敛,或者消失,或者潜隐,着意从文学自身审美的内在特征来界定文学史的变迁。

11月,主持了由复旦大学中文系主办的"第七届全

---

① 吴福辉:《当新旧文学界限的坚冰被打破》,《中华读书报》2006年3月15日。

国重点大学中文系发展论坛",会议的议题是"海峡两岸的中文系教育"。策划了"复旦大学中文系学术传统研究书系",由广西师范大学出版社出版。

本年,指导博士研究生:吴岚、郭战涛、张善姬、周立民。

指导硕士研究生:景雯。

指导博士后:陈少华、蒲度戎。

2006 年 五十三岁

1月,主编的"潜在写作文丛"(十种)由武汉出版社推出,刘志荣担任副主编。"文丛"努力发掘被时代喧嚣所淹没的个人性、独立性之声,整理出版包括阿垅、张中晓、无名氏、彭燕郊、胡风、绿原以及"文革"时期年轻诗人的潜在诗歌等作品。"挖掘出文学史上曾经'失踪'的作品,重新探索知识分子精神世界的丰富性和可能性,从而重新认识文学史,这是陈思和及出版者出版《潜在写作文丛》的目的之所在。十卷本《潜在写作文丛》是迄今为止最系统、最具规模的潜在写作作品的结集,它大大地拓展了文学史研究的视野,改变了以往文学史以一个时代的公开出版作品为讨论对象的一元化整合的视角,为重新书写当代文学史构建了一个学术平台。……《文丛》的出版,让我们见证了20世纪50—70年代文学面貌丰富的一面,我们读到的不仅仅是八个样板戏、《金光大道》,我们还读到了阿垅的赤诚、张中晓的尖锐、老作家苦难与伤残的主题、青年诗人对未来的憧憬……这些作品散发着更为强烈的艺术感染力,体现了那个时代知识分子对社会的关注、内心的渴望和对自由的向往。我们还看到了时代环境的严酷和复杂并没有熄灭知识分子创作的欲望,他们在以一种更隐蔽的方式生生不息地传递着文学的火种,我们看到了诗人气质和战士精神相结合的中国知识分子的精神世界,这才是文学的真正魅力之所在。"①

自2月起,书评专栏"自己的书架"在《文汇读书周报》上重新开张,两周一期,延续两年半,计五十篇。

6月,主编的"中国现代文学社团史研究书系"(第一

---

① 李杏华:《〈潜在写作文丛〉出版缘起》,《出版科学》2006年第5期。

辑,共七种)由东方出版中心推出。该书系为教育部哲学社会科学研究重大项目成果。

连续发表《论〈秦腔〉的现实主义艺术》(《中国现代文学论丛》第1卷1期)、《再论〈秦腔〉:文化传统的衰落与重返民间》(《扬子江评论》创刊号),讨论贾平凹长篇小说《秦腔》中"法自然"的精神、叙事者的意义、艺术手法,以及"秦腔"所象征的传统乡土文化在当下的处境与命运。

7月,任香港浸会大学"世界华文文学长篇小说大奖·红楼梦奖"决审评委。该奖项由香港的张大鹏先生设立,已历五届,相继有贾平凹、莫言、骆以军、王安忆、黄碧云五位作家获得此项荣誉。

本月,应日本外务省邀请率作家代表团访问仙台、东京、大阪等地。

本月,辞去《上海文学》主编之职。

9月,与许俊雅合编的《中国现代文学读本》由台湾二鱼文化有限公司出版。

10月,为台湾政治大学"王梦鸥讲座"连续作三场公开演讲:"中国大陆当代文学史(1949—1976)的潜在写作"、"巴金《随想录》在中国现代文学史上的意义"、"新世纪以来大陆长篇小说创作状况"。讲稿编为《王梦鸥教授学术讲座演讲集 2006》于次年出版(张堂锜主编,台湾政治大学中文系编印)。在台期间应陈光兴之约,去台湾清华大学作了题为"陈映真的创作在新文学史上的地位"的学术演讲,又应刘纪蕙之约在台湾交通大学作了题为"中国当代文学与'文革'记忆"的学术演讲。

本年,指导博士研究生:金理、谢有顺、夏雪飞、朴正熏。

指导博士后:庄伟杰、傅光明、邵宁宁、古丽娜尔。

2007年　五十四岁

在《当代作家评论》杂志上主持"文本细读与比较研究"的专栏。在"主持人的话"中推举一种健康的批评风气:"提倡细读文学作品,不仅仅是提倡一种批评方法,也是为弥补当前高校文学教育的严重缺失。细读是一种方法,通过细读,培养不讨巧、不趋时、实事求是、知难而上的治学态度,以及重感受、重艺术、重独立想象的读书技巧。提倡文本细读,绝对不是轻视理论,相反,它要求能够融会贯通各门类的专业知识,精通并打通中西文学的界限,综合起各种经验来阅读一个文本。"①

论文《我对〈兄弟〉的解读》刊于《文艺争鸣》2007年第2期,借助巴赫金的理论对余华长篇小说《兄弟》所引起的争议做出回应。

5月,去大连参加由《当代作家评论》、上海大学中文系、渤海大学国际写作中心等单位共同主办的王安忆作品研讨会。发表《读〈启蒙时代〉》(《当代作家评论》2007年第3期),讨论王安忆的长篇新作。

8月,应黄曼君教授之邀,参加华中师范大学中文系在武汉和九宫山举办的中国现代文学学科观念和方法的研讨会。发表《我们的学科:已经不再年轻,其实还很年轻》的主题报告。后改题为《我们的学科还很年轻》刊于《文学评论》2008年第2期(《新华文摘》2008年第11期转载)。作者指出,近年来"国学热"、儒家热、传统文化复兴、传媒炒作流行快餐等社会现象,并不会构成现代文学

---

① 陈思和:《"文本细读与比较研究"主持人的话》,《当代作家评论》2007年第1期。

学科的生存危机,挑战来自学科内部必须面对的艰巨任务:"我们当然要维护自己学科作为二级学科的生存理由,要维护'五四'新文学精神在本学科所拥有的核心地位,但也不能回避,'现代中国文学',确实包含了许多非'中国现代文学'所能够容忍的文学因素",比如通俗文学、旧体诗词等,"要承认过去的中国现代文学史的观念是从新文学史的观念演变而来,比较狭隘的新旧对立思维模式再加上战争文化心理构成的思维模式,建构起来的一套所谓主流、支流、逆流的文学史叙事模式不能适应今天学者们宽阔的学术视野和本学科所取得的学术发展"。进而倡导"从理论上着手,通过理论创新提出新的文学史观念,来重新整合文学的各种现象,达到新的文学整体观",其近期提出的"先锋"与"常态"理论视角即是这一方向上的努力。此外,"我们的学科存在下去的理由,就在于它不是依靠历史的久远和观念的凝固不变,而恰恰它的依凭就在于它永远与当下生活结合在一起,生活的未来有多长,我们的学科的生命就有多长,它的特点就是不断对应当下出现的文化现象和文学现象,解释当下文学和生活的关系,推动文学事业的发展"。

论文《新世纪以来长篇小说创作的两种现实主义趋向》刊于《渤海大学学报(哲学社会科学版)》2007年第3期。论文通过对贾平凹的《秦腔》和余华的《兄弟》这两部具有标志性的长篇小说的具体分析来探讨新世纪以来长篇小说的创作趋向,《秦腔》可以称做是一种模拟社会、模拟自然、模拟生活本来面目的"法自然的现实主义";《兄弟》是以夸张和怪诞的手法创作的"怪诞的现实主义"。这两种审美风格的出现呈现出新世纪小说重新回到现实社会、重新关注当代生活、关注当代精神状态的趋向。同时也提示人们对文学的现实主义批判精神需要重新认识。

8月,获得教育部第三届国家高校名师奖。

本月,陈思和领衔的复旦大学中文学科在教育部新一轮的评估中获得"国家一级学科重点学科"称号。

12月,第十一本编年体文集《海藻集》由广西师范大学出版社出版。

本年,指导博士研究生:刘涛、高天、许丽青、周引莉。

指导博士后:白杨、张鸿声、王京芳、李丽。

2008年 五十五岁

4月,担任复旦大学中文学科博士后流动站站长。

4月24日,恩师贾植芳先生去世,连续作三篇《我心中的贾植芳先生》(《文汇报》2008年6月20日、《随笔》2008年第5期、《中国现代文学研究丛刊》2008年第4期)悼念恩师。曾有诗句云:"师前承教千般足,身后留名总是残。"贾植芳先生过世后,顿感"千般足"的境界打破:"日本友人山口守前来参加追悼会,对我说了一句真切的话:'我有一种孤儿的感觉。'这句话也同样说出了我的心情。"①

5月,应韩国天堂财团之邀请,率团访问韩国仁川仁荷大学,参加第二届中韩两国作家对话会。

论文《"历史家族"民间叙事模式的创新尝试》、《人畜混杂、阴阳并存的叙事结构及其意义》(刊于《当代作家评

---

① 陈思和:《献芹录》"跋",《献芹录》,上海:复旦大学出版社2009年版,第283页。

论》2008年第6期),两篇论文的研讨主题是莫言长篇小说《生死疲劳》的民间叙事。

11月,获《当代作家评论》设立的"当代中国文学批评家奖",授奖辞中说:"陈思和在中国现当代文学研究中形成了自己的学术思想,是八十年代以来本学科最重要的学者之一,又是学院派批评的代表性人物。在提出'新文学整体观'、倡导'重写文学史'等之后,又相继提出了'当代文学史中的战争文化心理'、'民间文化形态'、'共名与无名'、'潜在写作'等概念或命题,为二十世纪中国文学的新论述提供了话语资源,拓展了当代批评的理论空间,并对文学的知识生产发生了重要影响。他以文学史家的身份介入当代文学前沿问题,热情而冷静,持久而深入,从容而坚定,推动了当代文学批评的学院化进程。"[①]

论文《时代·文学·个人》刊于《当代作家评论》2008年第6期,该文表达了对我们这个时代中文学与文学批

[①] "当代中国文学批评家奖"评委会:《"当代中国文学批评家奖"授奖辞·陈思和授奖辞》,《当代作家评论》2008年第6期。

评的特质以及两者之间关系的看法：在今天,全球化已经构成了一个巨无霸式的板块结构,"迅速把社会表面推向超稳定的繁荣,同时有力地掩盖住内部所包容的各种混乱与矛盾冲突,个体的生命变得微不足道",然而文学"作为一种完全个人化的精神劳动","与主流的全球化板块相分离,完全成为精神旷野上的孤魂野鬼",饱含"难以排遣的孤独感、自身的精神上的失败感和与世界的紧张关系"。与此相应,我们这个时代的文学批评应当呈现出鲜明的个性,"体现在评论家个人的人文立场的传承与独特",由此出发,对于创作文本的解读,"就是在精神旷野里寻求、呼唤、理解那些孤魂们,寻求一种热血的刺激和生命的共融,以此抗衡像钢板一样铺天盖地压下来的全球化"。

本年,获复旦大学校长奖。

本年,指导博士研究生：李敬泽、朱晓江、张静、颜琪、坂本达夫、石圆圆。

指导硕士研究生：左轶凡。

指导博士后：陈国和、陈捷、李健、胡传吉、张静。

2009年 五十六岁

1月,担任香港赛马会设立的首任岭南大学现代文学杰出访问教授之职,共五个月。除了讲授现代文学课程外,还作了题为"从'少年情怀'到'中年危机'——20世纪中国文学研究的一个视角"的学术演讲,筹办了"当代文学六十年"大型国际研讨会。会议论文由陈思和、许子东和王德威编辑成题为《一九四九以后》的论文集,由牛津大学(香港)出版社和上海文艺出版社分别出版。

3月,顾艳著《让苦难变成海与森林——陈思和评传》由武汉出版社出版。

5月,第十二本编年体文集《献芹录》由复旦大学出版社出版。该书收集了为《文汇读书周报》所设专栏"自己的书架"而撰写的书评文章,可视作对《羊骚与猴骚》的接续。

论文《从"少年情怀"到"中年危机"——20世纪中国文学研究的一个视角》刊于《探索与争鸣》2009年第5期,论文以人的生命与文学生命相参证,为两个"新世纪"

文学提供了比较研究的视角：在20世纪初，中国社会发生现代转型，"少年"、"青年"作为现代性的特征被反复强调。"青年"象征着对现状的不满足，富有批判精神，并被赋予青春期反抗、内在冲动和乐观主义等特征，同时又包含了偏激、破坏、狂热、粗暴的先锋精神。新文学运动一直延续着"青年"的特征。但经历了"文革"后，中国社会结束了"青春期"，逐步进入告别理想、崇尚实际的"中年期"。该文及次年发表的《对新世纪十年文学的一点理解》（《文艺争鸣》2010年第4期）系统表达了作者对当下文学发展的评估，尤其是对新世纪文学遭遇"中年危机"的忧虑：从1980年代成长起来在今天进入中年的作家们，如王安忆、莫言、贾平凹等，是三十年来中国文坛的中流砥柱，但是文学毕竟"不是依靠个别作家而是依靠一代代作家的生命连接起来延续繁衍的"。所谓"中年危机"并不来自中年作家自身创作的难以为继，而是指中年作家的文学趣味，通过一系列的获奖、收入选本、文学批评和教学等，形成强力规范，对"他者"的创作造成遮蔽，"初出茅庐的青年是很难在中年的成熟规范下轻易取胜的"。所以文学代际的"断裂"并不是"事实上的青年文学的萎缩,而是在我们既成的整个文学话语体系下误以为他们萎缩了","今天主流的作家和主流的批评家都已经是中年人,作为同代人他们之间是存在着很好的沟通。而在更加年轻的作家崛起于文学创作领域的时候,文学批评和文学理论显然是严重滞后了"。在作者看来,部分"70后"作家(参看《低谷的一代》,载《当代作家评论》2011年第6期)以及更年轻的"80后",显然迄今还未得到文学批评负责的支持与解读。

6月,主编的《中国新文学大系(一九七六—二〇〇〇)·文学理论卷》由上海文艺出版社推出,共分三卷:《人文的复兴》(偏重基础理论)、《思潮与争鸣》、《作家作品论》。陈思和与王进、金理联袂为《大系》所作的序言既是对批评史的历史总结,也表达了在新形势下的瞻望:在当下文学评论领域,学院批评、传统的意识形态批评以及媒体批评构成了鼎足而三的局面。在这样的局面中,学院批评如何发出独立的声音、建立可能?一方面,"意识形态的宣教化与媒体的娱乐化互相利用、亲密结合,形成了一种媒体主流批评的势态",学院批评面对这种不利形势,应该学会拒绝,并充分发挥自身优势(讲台和教育)。另一方面,"学院派的批评并不意味着要脱离社会现实","文学批评的生命力就在投入文学实践,介入社会进步","发展学院派的批评,还是需要把握和调整与媒体之间的关系,要充分利用媒体来发出自己的声音"。

7月,与李辉合著的《巴金研究论稿》由复旦大学出版社推出。该书由三部分组成:第一部分为1986年出版的《巴金论稿》,基本保持原貌,略作文字修订或补正。第二部分"在写作《巴金论稿》(1979—1985)的日子里",主要收录陈思和与李辉在合作研究巴金期间的来往信件,"其中最值得我们珍惜的是贾先生在此期间分别写给我们的信件。如今再读先生来信,仿佛仍坐在先生当年居住的简陋窄小黯淡的房间里,与他一起饮酒,吃花生米,海阔天空闲聊。他的信,与巴金研究有关,更与情感有关,他带给我们的不只是学理、学术训练,更是人格的感召、亲情的温暖"。[①] 第三部分"巴金新论",分别选入陈思和与李辉在《巴金论稿》出版之后各自撰写的关于巴

[①] 陈思和、李辉:《巴金研究论稿》"自序",《巴金研究论稿》,上海:复旦大学出版社2009年版,第2页。

金的文章,其实也是最初研究的延续。

《文学中的"身体"象征了什么?——序朱崇科的〈身体意识形态〉》刊于《文艺争鸣》2009年第7期。尽管是一篇书评,但是却体现了陈思和在相关问题上的重要思路:从人文主义的发展路向考虑,1990年代并非是"倒退",而是某种程度上对"个人的发现"的落实。在1980年代,"人的自觉与解放的命题,主要集中在人的公民权利的捍卫与重新认识",而1990年代则在"在非政治说教,非思想道德,以及人性在颓废松弛的环境中",落实了"对于人作为一个个体的独立生命的存在合理性——人的诸种欲望的发展、纯粹感官的追求享受、人性中恶魔性因素的爆发"等。唯有敏感的文学创作,能够拨开人欲横流的社会表象,发掘到"隐藏于民间日常生活的革命性因素",它们"往往是以极为微弱的信息存在于声色犬马的欲望激情之中"。一方面是知识分子重拾独立思想与战斗精神,另一方面是伸张人的感官追求,强调人性欲望的合理性,以上二者阴阳交合,构成了1990年代文学思想领域追求人性实现的形式。这也是陈思和之所以与众不同地对1990年代的文学给出肯定评价的立据之一。

9月,杨浦区工会成立杨浦区作家协会,陈思和作为上海市作家协会副主席兼任杨浦区作家协会会长。

11月,论文《关于巴金〈春梦〉的整理和读解》刊于《复旦学报(社会科学版)》2009年第6期,批评了巴金研究会在整理巴金《春梦》手稿时的错误,并且对手稿在巴金研究中的意义和价值作了阐发。

本月,《当代小说阅读五种》由香港三联书店出版,简体字版于次年8月由复旦大学出版社推出。内收关于阎连科、余华、贾平凹、莫言和张炜五位作家的评论。这几位本就是陈思和长期跟踪阅读的对象,他们的创作在新世纪又有飞跃,"水涨船高,我借了创作的水势,发表了数篇评论,共同参与新世纪文学建设"。[1] 陈思和在对此时期重要长篇小说的评论中,运用了其先前所提出的"世界性因素"的分析视角,例如,将阎连科、张炜小说与来自古希腊的恶魔性因素相沟通,在对莫言、余华小说的分析中

---

[1] 陈思和:《三十年治学生活回顾——陈思和三十年集序》,《当代作家评论》2009年第3期。

引出了巴赫金首倡的、拉伯雷式的民间狂欢因素,解读贾平凹小说时探讨了现实主义、自然主义的文学因素。

12月,主编的文学资料集《中国当代文学60年(1949—2009)》(四卷)由上海大学出版社出版。

本年,指导博士研究生:何向阳、李一、张勐、唐睿、文娟、平田桂子。

指导博士后:陈树萍、葛涛、陆红颖、张岩等。

2010年　五十七岁

1月,论文《比较文学与精英化教育》刊于《中国比较文学》2010年第1期,同时刊登由杨乃乔执笔、陈思和审定的《复旦大学比较文学与世界文学专业硕士生与博士生精英化培养规划》,对比较文学专业的研究生培养方案实行大规模的改革,强调精英化教育的必要性。本年起,在复旦大学中文系推行"比较文学学科研究生精英化培养计划"的教学改革。这份计划包括:实行硕博研究生连读制度,延长博士生培养学制,要求学生在硕士期间掌握三到四种外语,开设古希腊语、拉丁语、梵语等课程,要求研究生学习高级古汉语、文献学等课程等等,并且努力使研究生培养工作走国际合作的道路。这项改革的目的是培养掌握多种学科知识及多种语言技能、具备崇高理想的人文学科人才。①

3月,赴台湾高雄,参加台南大学举办的"感官素材与人性辩证"学术研讨会。发表论文《多重叠影下的深度象征——试析苏伟贞小说创作中的三个文本》,该文后发表于《东吴学术》创刊号(2010年5月)。

《对新世纪十年文学的一点理解》刊于《文艺争鸣》2010年第4期。论文指出:"五四"新文学、1930年代的左翼文学、1942年以后的工农兵文学、"文革"中的"无产阶级革命路线"的文学,不管其性质有多大的距离,却都表现出一种先锋姿态——"通过激烈否定前人的文化积累来完成自我的确立","认为文学是可以引导社会变革风气的,是可以通过调整文学艺术与社会生活的关系,指

---

① 参看陈思和:《比较文学与精英化教育》,《中国比较文学》2010年第1期;杨乃乔执笔、陈思和审定:《复旦大学比较文学与世界文学专业硕士生与博士生精英化培养规划》,《中国比较文学》2010年第1期。

导人们怎样生活的"。到了"文革"以后,尤其是1980年代中期开始,文学先锋观念慢慢地发生了变化,文学在不断边缘化的过程中慢慢消失了先锋性,形成了常态的发展模式,"文学不再担负指导生活的责任,它随着生活的变化而变化,以感应社会生活的姿态成为对社会生活的记录、反馈以及记忆。文学如果要改变生活或指导生活,就必须要话语权,就不得不向政治靠拢,成为某种政治意识的宣传工具;但文学一旦放弃了这种责任,还原了自身的审美功能和表达模式,自然就会边缘化,尤其是在这政治权力高于一切的社会中","新世纪文学真正完成了文学与生活的新关系,那就是在边缘立场上进行自身的完善和发展"。"百年的中国文学应该有内在一致的追求和目标,但因为现代性是建设民族国家的目标,所以文学的现代转型以先锋形态来推动文学进步,不得不依仗了政治力量,结果是走向了自我的异化——文学性的异化和人性的异化,沦为政治权力的工具。但近三十年来,接受了沉重教训以后的当下文学终于完成自我救赎,恢复了自身的美学功能。"和"青春先锋"与"中年常态"相对应,作家也大致可以分为"广场型"与"民间岗位型",前者大多是"漂流海外的作家,他们虽然也谋得了国外的职业,有了安定的生活环境,但是就他们与对中国现实的关系而言依然是广场型的;而大多数在国内生活写作的作家,比较倾向于民间岗位型,他们主要的工作是写作,通过个人的创造性劳动来体现他们的思想、立场和态度(当然这两类作家的区别不是绝对的,只是大致而言)","在海外生活的不少人,对中国知识分子的期待依然是广场型的反抗,这也是西方知识分子的传统,所以他们会觉得中国今天没有鲁迅,从广场的角度看这是事实,我们也不能回避。问题是中国作家有自己的表达形式和批判形式,他们的社会良知是与民众的情绪连在一起的,是与这个拖泥带水、藏污纳垢的现实联系在一起的"。"像贾平凹的《秦腔》,如此逼真、厚重的艺术笔墨,描绘出农村文化经济的衰败以及作家面对衰败的复杂感情;像莫言的《生死疲劳》,如此机智的想象力,颠覆土改以来意识形态下的农村历史书写;……像阎连科的《受活》,如此喜怒笑骂的怪诞姿态,把国际共运史的失败与现代性的反思结合起来给以讽刺;像余华的《兄弟》,如此尖锐活泼地描绘三十年来时代的恐怖与狂欢,揭示出改革开放在中国城镇经济发展中的怪诞世相,等等。这些作品,不要说一九八〇年代不可能产生,五六十年代更不可能产生,就连三四十年代的中国作家也没有拿出如此记录中国社会历史的皇皇巨著。可以说,这些作品是无愧于我们今天激变中的大时代的。"

4月,完成了《让自己进入到另一个人的身体——论奚美娟的影视表演艺术》的第一部分,开始对影视创作和艺术评论加强关注和评论。

5月,应德国汉诺威孔子学院邀请,与王安忆一起去德国作巡回演讲,主题是王安忆的作品《启蒙时代》。先后去了法兰克福、纽伦堡、狼堡、奥登堡、汉诺威、柏林等地。

《当代作家评论》2010年第4期特辟"陈思和研究专辑",收入张新颖、孙晶、金理、黄平、杨庆祥等学者的文章,讨论陈思和所提出的"民间文化形态"、"共名与无名"、"潜在写作"等文学史理论。

6月10日,参加解放日报社举办的文化论坛,与会嘉宾共论"多元世界下的文化立场"。陈思和的观点是:多元世界下的各民族文化应该是平等的,"己所不欲勿施于人",如己所欲,也不应随便施与人。

7月28日,由《当代作家评论》杂志社、渤海大学、沈阳师范大学文学院共同主办"陈思和文学思想学术研讨会"。《当代作家评论》主编林建法指出:"在文学研究领域行走多年,陈思和以其学士风范、仁厚胸襟和个人魅力赢得了批评家、作家群体、编辑出版业界人士的尊重。"程光炜教授认为,陈思和"三十年来兼及中国现代和当代文学研究,一直在个人高峰的状态下从事研究",且其"研究有某种'规划'的色彩,这种'规划'对现当代文学研究的发展脉络和进程都产生了很大的影响"。王尧教授指出:陈思和的贡献兼及学术、教育和出版等诸多方面;其学术和思想总是介入中国本土与社会现实,以自身"原创性的思想"来进入文学批评与知识生产;他亲身示范了如何"做一个教育家"。《作家》杂志主编宗仁发则通过陈思和主持《上海文学》期间的编辑实践活动来总结其贡献:"其一就是向五四以来的传统的回归,将当代文学编辑与五四以来的文学期刊的编辑传统相对接","其二就是在文学期刊中呈现出民间立场","其三是对纯文学理想坚定不移的捍卫"。会议纪要见《当代作家评论》2011年第2期刊出的"致力于现代知识分子人文精神和实践道路的探索"专辑。

8月,《脚步集》由复旦大学出版社出版。书前有长序《三十年治学生活回顾》。

9月,《当代文学与文化批评书系·陈思和卷》由北京师范大学出版社推出,结集了对当代作家贾平凹、莫言、王安忆、阎连科、张炜、余华、林白、严歌苓等作跟踪研究的批评文章。

本月,主编的"20世纪文学史理论创新探索丛书"由山东教育出版社出版,此为国家社科基金项目成果。共计五种:陈思和《新文学整体观续编》(该著作于2012年获上海市哲学社会科学优秀成果著作一等奖,于2013年获第六届高等学校科学研究优秀成果奖一等奖)、郜元宝《汉语别史》、王光东《新文学的民间传统》、张新颖与坂井洋史《现代困境中的文学语言和文化形式》、姚晓雷《乡土与声音》。该套丛书获第三届中国出版政府奖推荐奖,该成果体现了陈思和及其学术团队多年来对文学史理论问题的创新研究。从"新文学整体观"进入"重写文学史"、"民间"理论、"战争文化心理"、"潜在写作"等一系列文学史理论创新的探索,梳理学术传统,进行学科建设,建立知识分子的工作岗位和学术目标,这是陈思和学术道路的重要一脉。

所谓"文学史理论",指的是一种与文学史写作实践紧密交织在一起,具体解释文学史写作中的问题,并对一般文学史写作有实际指导意义的理论假设。陈思和对文学史理论的探讨实践,可追溯至"民间"理论的提出,将一般的理论概念运用到文学史研究领域,从文学发展的动态中发现问题,进而把理论概念作为关键词来剖析文学现象。章太炎尝谓"清朝一代能够考史,而不能撰史","考史"满足于材料的征集与考掘,而"撰史"则需要史家"通古今之变"的识断,移诸文学史写作领域,需要的正是理论的有效整合能力。近年来的文学史写作,一方面史料的发现与整理固然成绩斐然,著作数量甚至泛滥,但另一方面,注意力只在材料的拼凑和领地的占有,于是造成文学史的逻辑混乱、观念与框架充满不和谐,借个比方形容,"人人从事于造零件,作螺丝钉,整个机器,乃不知其构造装置与运用"(钱穆:《〈新亚学报〉发刊词》)。问题的关键正在于文学史理论缺乏突破与创新。而陈思和所提出的文学史理论都是为了提升实践整合能力。比如提出"五四新文学运动的先锋性"与"文学史上先锋与常态"的论题,就是试图从理论上来解决"五四"新文学的主流与其他各类文学(通俗文学、旧体文学等)之间的关系问题。提出"民间"、"潜在写作"等理论是为了解释和解决当代文学史上政治与文学的关系问题;"世界性因素"是为了应对中国文学与外来文化影响的关系问题,等等。以上都不是空洞的理论探讨,而是具有实践性的价值,诚如张清华所言:"作为20世纪90年代中国文学界最有影响力的批评家,陈思和提出了这个年代最富生长性和辐射力的批评概念。这些概念基于它们与时代之间敏感的回应与互证关系,不但迅速拓展出当代文学研究与批评的新的话语空间,还有效地矫正了以往的文学史价值尺度,以及文本评价的审美视阈,为新语境下的当代文学批评注入了思想动力。"[①]此外,"20世纪文学史理论创新探索丛书"由陈思和与其学生共同完成。往往是,陈思和首申其义,由其弟子接下去深入研究,陈门弟子中,如

---

① 张清华:《本土性·生长性·知识分子性——关于陈思和的文学批评》,《渤海大学学报(哲学社会科学版)》2007年第3期。

王光东、姚晓雷对民间文化状态的研究,刘志荣对潜在写作的研究,张新颖、陈婧袯对世界性因素的研究,都取得了显著成果。文学史理论正是在师徒们的反复讨论、磨砺和切磋中得到完善。尽管很多学术观点都领风气之先,但陈思和并不只是孤身突进的先锋,他具有长远的学术眼光,对学科发展有整体的规划,在个人研究之外,善于维护身边健康的"小环境"①,聚合多方资源,形成学术团队和"集众的事业"。文学史教程的编写,以及"20世纪文学史理论创新探索丛书"皆是"集众事业"的体现之一。

论文《六十年文学话土改》刊于《中国现代文学论丛》2010年第3期。论文以文史互现的方法将历史研究领域中有关土改运动的新发现、新认识,与文学创作领域中有关土改题材的小说创作进行对照比较和文本分析,揭示土改书写的嬗变轨迹。六十年的当代文学史几乎没有

---

① 陈思和自述:"我一向少有单独追求个人功名的兴趣,却偏喜师生好友集体追求某种理想事业。我有恩师良友,学生群体,以赖学术传统营造良好的小环境,声气相求,以沫相濡。"参看陈思和:《三十年治学生活回顾——陈思和三十年集序》,《当代作家评论》2009年第3期。

产生过土改题材的杰作,深层的原因在于作家在土改题材上遇到了如何描写暴力的美学问题。对土改暴力认真、深刻的反省始于"文革"以后的文学创作,此时文学与历史的意义已经截然分开,历史学者推断土改运动的是非功过,而文学创作则直逼人性,"将无法在历史领域保留下来的种种民间暴行的材料艺术地再现出来,将来在官方文件里无法找到的关于人类暴行的历史文献纪录,可能在同时代的优秀文学创作里被保存了下来,这就是艺术真实比历史真实更加长久的道理"。

12月,主编的《中国现代文论选》、《中国当代文论选》由上海教育出版社出版。

本年,指导博士研究生:徐兆寿、左轶凡、叶子、朴慧廷、孙凑然、李成贤、阮秋贤。

指导硕士研究生:刘小源、邹琳楠。

指导博士后:李洪华、王宇平。

2011年 五十八岁

1月,主编的"中国现代文学社团史研究书系"(第二辑,共八种)由武汉出版社推出。该书系为教育部哲学社会科学研究重大项目成果续编。

3月21日,写作抒情诗《致三十年》,作为正在编撰中的《思和文存》的献辞。

论文《试论陈映真创作与五四新文学传统》刊于《文学评论》2011年第1期,《如何当家,怎样作主——重读鲁煤执笔的话剧〈红旗歌〉》刊于《现代文学研究丛刊》2011年第4期。

5月,赴澳大利亚参加悉尼大学孔子学院举办的"新世纪十年"学术会议。

6月,比较文学论文集《中国文学中的世界性因素》由复旦大学出版社出版,宋炳辉编。该集收入了陈思和在中外文学关系研究领域,围绕"中国文学的世界性因素"而展开的代表性论述。

7月,与胡中行合编的《诗铎》第1辑由复旦大学出版社推出,该丛刊为年刊,以旧体诗词创作和理论探索为主。

本月,陈思和第十三本编年体文集《萍水文字》由上海文艺出版社出版。

10月,应邀赴日本一桥大学演讲,并游览北海道等地。

本年起,担任复旦大学第六届学术委员会人文学部委员。

本年起,担任教育部全国艺术专业学位研究生教育指导委员会戏剧戏曲影视专业分委员会委员。

本年,指导博士研究生:黄丽丽、麦扬、金慧姝。

指导硕士研究生:刘悠翔、李成师。

指导博士后:詹玲、张堂会。

2012年　五十九岁

赴意大利那不勒斯东方大学讲学一月,先后参观庞贝遗址、威尼斯、佛罗伦萨、罗马等地。

论文《作为学科的比较文学之精神基础》刊于《上海师范大学学报(哲学社会科学版)》2012年第1期。比较文学作为一门学科其精神基础究竟是什么?论文从此追问入手,重新梳理"比较文学是人文主义"的命题。陈思和主张,我们应该返回到提出此命题的法国比较文学学者勒内·艾田伯的立场,结合现在科学研究所获得的新成果,重新来理解"比较文学是人文主义"的意义,站在人类的某些共同性的立场上,恢复对文学表达人类生命感受的信心。

4月6日至7日,参加位于美国密苏里州的圣路易斯华盛顿大学(Washington University in St. Louis)东亚系主办的"War, Violence, and the Aftermath"学术研讨会,并发表主题演讲"当代文学中的创伤记忆",该演讲后来整理成文,以《当代文学中的创伤记忆——〈沉默之门〉的文本分析》为题发表于《当代作家评论》2013年第4期。

与王晓明、张汝伦、高瑞泉的对话《人文精神再出发》刊于《东方早报·上海书评》2012年5月27日。"人文精神讨论"过去十八年后,四位学者针对当年的讨论特别是其对当下的意义展开对话。陈思和认为,"'人文精神'的核心问题,还是涉及人如何合理地被对待。这个问题很复杂",这二十年来,中国经济飞速发展,以前因为社会生产力低下而不可能得到满足的人的欲望逐渐在恢复,这自有其正面意义,"人的欲望与自我尊重、人的权利意识都是联系在一起的"。但欲望过大,也伤害了人类社会。"这样一些问题,人文科学本来是应该深入探讨,面对新的实践来产生新的理论创新,人文学科的根本问题是要改造人的心灵,让人的良知不断扩大,让社会发展越来越趋向人性化"。

在杭州师范大学"批评家讲坛"上的演讲稿《批评与创作的同构关系》刊于《当代作家评论》2012年第3期。陈思和结合文学史、批评史,及其自身的批评实践经验,提出创作和批评的同构性(主要依据是这两者呈现的都是对当下生活的理解),进而回到新世纪的现场,接续其近期关于"中年危机"及文学代际"断裂"的思考,表达了文学批评面临的危机与挑战:"我这一代的批评家也都是一九八〇年代成长起来的,与知青作家差不多的经历。我们把一九八〇年代逐渐形成的、向五四新文学传统靠拢的一种批评规范,变成了我们的批评标准。当我们拿这种标准来衡量今天的文学的时候",能够发现贾平凹、王安忆、莫言等成熟作家的优秀,但却发现不了更年轻的一代,因为"某种意义上说,我们这一代批评家与主流作家已经形成了同构的关系",所以出现了"代际断层"的现象。在同期刊出的与金理的对话《做同代人的批评家》

中,作者进一步指出,当下学院制度的强势、常态文学的缓慢演进,都有可能压抑批评家的成长;但即便面临多重困境,依然需要召唤年轻批评家的出现:"如果说文学发展的流程中有突变,有先锋文学的出现,有一些对社会有巨大推动性的文学现象、思潮出现,就需要有批评家在里面起作用。"勉励年轻的批评家及现当代文学专业的硕士生、博士生们"做同代人的批评家":"把眼光放到自己的同代人身上",凭借自身对生活的感受去把同代人对生活的理解和所追求的美学境界挖掘出来,"当你们学会了表达自己的时候,你们就可能成为新一代卓越的批评家"。

论文《莫言的创作成就及其获奖的意义》刊于《文汇报》2012年10月16日。对于莫言的创作及其摘得诺贝尔文学奖的意义,陈思和在文章中作了如下表述:"莫言获得诺贝尔文学奖应该理解为中国文学在世界上(尤其是在欧洲国家)的地位不断增高的见证";"莫言的获奖不仅仅是莫言本人的成就被认可,它也包含了中国当代文学的整体成就在国际上赢得了关注","中国文学在新世纪以来进入了一个成熟阶段,这是一百年中国现代文学的艰难历程和痛苦经验所换得的";"新世纪莫言的小说

《生死疲劳》和《蛙》的主要人物,在中国文学史上都是独一无二的文学典型,这些人物故事以独特的中国经验为人类表达追求自由的理想,提供了新的美学探求"。

11月,《新文学整体观续编》改名为《文学史理论的新探索》,经修订后由新地文化艺术有限公司(台北)出版繁体字版。

12月,陪同莫言赴斯德哥尔摩参加诺贝尔颁奖周盛会。《以母亲的名义站在大地上诉说》刊于《文汇报》2012年12月9日,该文是对莫言的诺贝尔讲演《讲故事的人》的初步解读。这些意见后来整理成论文,以《在讲故事背后——莫言〈讲故事的人〉读解》为题发表于《学术月刊》2013年第1期。

本月,赴台湾参加第二届世界华文文学高峰论坛。

本月,辞去复旦大学中文系主任职务。

本年,指导博士研究生:刘小源、张梦妮、花艳红。

指导硕士研究生:黄相宜、李辉,以及出版专业硕士生:郑志励、严诚、周茹茹。

指导博士后:郭晓蕾。

2013年　六十岁

1月，赴美国波士顿、迈阿密等地度假，在哈佛大学访学。

本月，《思和文存》(三卷)由黄山书社出版。旧体诗集《鱼焦了斋诗稿初编》①由漓江出版社出版。自传《1966—1970：暗淡岁月》由上海书店出版社出版。

---

① 关于书斋"鱼焦了斋"得名缘由，陈思和自解如下："余在黑水斋读书写字二十余年，不知窗外天色晴朗，河水清澈，黑水之名，名不副实。有问改斋名者，华亭许君也，屡屡催促，并以金石付制相诱。但苦无适宜之象更替，多年矣。昨读张文江君新书，有《渔樵象释》篇，释自古渔樵之象六例，引近人刘大绅诗'青山青史谁千古，输与渔樵话未休'句，似有心动。所谓渔樵者，江湖侧身，自然求存，即隐非隐；无涉庙堂，偏话庙堂之事，冷眼观时，又以热讽言之；人事代谢，往来古今，喋喋不休，现代语谓之，瞎操心也。看今世之人，环境日衰，污染遍地，江湖不存，何来渔樵？余寄身都市五十六载，步履不出水泥森林，欲渔无磅礴之水，欲樵无蔓延之木，庙堂江湖不甚了了，故名斋曰鱼焦了。又曰，鱼，古之美食也，孟子将之与熊掌媲美，冯谖将鱼车相提并论，可谓高贵之物；若不识烹调之法，急心猛火，煎之焦苦，难以吞咽，遑论品味。故曰，万事不能过头，人生见好就收，鱼焦了，自警自戒也。"又有诗曰："有熊在北有鱼南，熊掌肥鱼不可三。渭水垂钩鳞始动，有莘负鼎脍微甘。珍馐天赐清波绿，五味心调火焰蓝。常勉斋名精制作，炊烟缕缕聚晨岚。"参看陈思和：《鱼焦了斋诗稿初编》，桂林：漓江出版社2013年版，第80、98页。

3月,《从鲁迅到巴金:陈思和人文学术演讲录》由上海中西书局出版。

5月,随笔集《文学是一种缘》(徐昭武编)由江苏文艺出版社出版。

《南方文坛》2013年第3期刊出"陈思和的意义"专辑,发表李辉的《沉稳从容而行——为陈思和花甲之年而作》、宋炳辉《陈思和先生和他的"中国文学的世界性因素"》、刘志荣的《最初的相遇》、颜敏的《学科之外,整体之内——陈思和的台港澳暨海外华文文学研究》等文章,评述陈思和的学术思想和为人。

6月,与王德威教授联袂主编的系列辑刊《文学》第1卷、《史料与阐释》第1卷分别由上海文艺出版社、复旦大学出版社推出。前者重在前沿文学理论探索,后者偏向史料的考掘与释读。

本月,主编的《中国现代文学作品选》(全国高等教育自学考试指定教材)由外语教学与研究出版社出版。宋炳辉为该书副主编。

《有行有思,境界乃大——"陈思和与世界华文文学"之访谈录》(访谈者颜敏)刊于《当代作家评论》2013年第

4期。世界华文文学研究文集《行思集》由颜敏编辑,由花城出版社出版。

11月,由陈思和主编的"'80后'批评家文丛"由云南人民出版社出版。第一辑作者包括杨庆祥、周明全、金理、黄平、刘涛、何同彬、徐刚、傅逸尘。这一代青年批评家接受专业教育,具有高等学历,毕业后服务于高校或学术研究机构,大多给人"学院派"的印象。陈思和在总序中提出勉励和善意的提醒:"随着20世纪90年代市场经济发展和大学学位教育制度的完善,文学批评逐渐向两大模块转移,形成了媒体批评和学院批评的模式。……媒体背后不仅有权力的背景还有商业的背景、利润的背景,媒体的声音就变得复杂诡谲了。媒体批评当然不能排除权力意识形态的导向,只是其作用更为隐蔽,表面上呈现的往往是商业利益作为推手。媒体批评呼风唤雨,左右了社会的一般舆论导向。而学院批评又呈现出另外一种面貌。严格地说,学院派是不介入一般媒体层面的,学院批评的主要场域在大学讲堂,学术刊物和高端会议论坛,言说的对象是学生、同行和专业人士。很多人批评学院派讲究论文规格,专著等级,刊物品质以及玩弄概念游戏,这些表面上为人诟病的症状,恰恰是学院派企图保持专业独立性和拒绝来自社会媒体(包括隐藏其后的权力)诱惑的努力,学院派以艰涩繁复的行规来维护知识的纯洁性,与媒体批评划清了界限。学院派不是不关心当代文学的现实意义,而是通过理论解读和文本阐释,在文学的社会功利性、大众性、现实性以外,另外建立一个批评的行业标准体系。学院批评仍然是建设性而非自娱性的,不过它追求的是在更为抽象层面上与作家以及同行们的精神交流,它是利用作家作品的材料来表达对于当代社会、文化建设的看法,它以不随波逐流、清者自清的态度形成了冷寂、沉稳、独立而博学的各种学派,它与活跃在社会大众领域的媒体批评正好形成了两种互为照应的批评声音。……我也不反对学院批评利用媒体对当代文学发出尖锐批评,但既然是带了学院的背景从事批评,那就要使批评尽可能具有独立的学院立场和说服力。……由于人文科学的特殊性,如果学院批评家要做一个自觉的人文知识分子,走出学院,走进社会也是必然的实践,但他所面对的环境就变得极为复杂,要在权力与商业双重制约下的媒体发出第三种独立的声音,要在介乎学院与媒体之间的第三种途径进行探索实践,并不是充满鲜花的途径。年轻的批评家们怀里装着高学历的证书,满腹经纶、满志踌躇,企图走上社会舞台,拨动媒体风云的时候,我建议先要做好这样的心理准备——你是有可能利用媒体发出自己的独立的声音;也有另一种可能,你被媒体利用和改造,你的貌似独立的自己的声音,已经在不知不觉中成为权力与利润共谋的工具。而后一种结果,在今天的浑浊暧昧的媒体文化中,绝不是杞人忧天。"

12月17日,赴台湾参加(台湾)东华大学举办的"众声喧'华'——华语文学的想象共同体国际学术研讨会",发表论文《中国当代文学中的"四世同堂"》。

本年,指导博士研究生:鲍良兵。

指导硕士研究生:张贝思,以及出版专业硕士生:高辰辰、陈明晓、任停菁、吴茜。

指导博士后:王升远。

2014年 六十一岁

1月,为自己满花甲之年而吟诗:"花甲罔闻能耳顺,轮回岁月又逢春。曹公未尽辛酸泪,贾府偏传中意人。不惑犬耕昼梦路,知天萤照夜游神。老来何处安身命,书海茫茫守我真。"①诗中暗示将出任复旦大学图书馆馆长之职。

本年,指导博士研究生:陈炳杰、黄相宜、李成师。

指导博士后:李徽昭。

---

① 陈思和:《花甲吟》,《诗铎》第4辑,陈思和、胡中行主编,上海:复旦大学出版社2016年4月,第256页。

附录

陈思和著述目录

（一）编年体文集

《笔走龙蛇》（1988—1989年文集）

台湾业强出版社1991年初版（入收"新知丛刊"）

总编辑：陈信元　责任编辑：詹美林

山东友谊出版社1997年修订版（入收"逼近世纪末批评文丛"）

主编：陈思和　责任编辑：徐宝平

★ 台湾业强出版社1991年初版目录

序

第一辑　《反思与重构》散论

　　"五四与当代"——对一种学术萎缩现象的断想

　　启蒙与纯美——中国新文学的两种文学观念

　　文学创作中的文化寻根意识

　　文学创作中的现代反抗意识

　　［附录］再论"现代反抗意识"

　　关于"重写文学史"

第二辑 阅读、阐释、批评

　　现代忏悔录——《随想录》：巴金晚年思想的一个总结

　　《金瓯缺》：对时间帷幕的穿透

　　笑声中的追求——沙叶新话剧艺术随想

　　告别橙色的梦以后——读王安忆的三部小说

　　声色犬马 皆有境界——莫言小说艺术三题

　　当代文学中的颓废文化心理——论王朔的几部小说

　　在社会理性的准则之外——评叶兆言的小说

　　关于长篇小说结构模式的通信

第三辑 现代对话录

　　两个69届初中生的即兴对话

　　关于"重写文学史"的对话

　　评论家对话：文学的价值观

　　批评家俱乐部：世纪末的对话

附录一：35岁的回顾

附录二：坚实、热忱的求索者（陈骏涛）

后记：再补说几句

★ 山东友谊出版社1997年修订版目录

序：重建象牙塔（王安忆）

第一辑 《反思与重构》散论

　　"五四与当代"——对一种学术萎缩现象的断想

　　胡风对现实主义理论建设的贡献

[附录]关于读《胡风评论集》的一封信

　文学创作中的文化寻根意识

　文学创作中的现代反抗意识

　　[附录]再论"现代反抗意识"

　关于"重写文学史"

　　[附录]"重写文学史"专栏主持人的对话

第二辑　《海上文谈》笔记

　关于"海上文谈"的一封信

　《随想录》：巴金晚年思想的一个总结

　《金瓯缺》：对时间帷幕的穿透

　笑声中的追求——沙叶新话剧艺术随想

　赵长天的两个侧面：人事与自然

　近于无事的悲哀——沈善增小说艺术初读

　告别橙色的梦——读王安忆的三部小说

　　[附录]两个69届初中生的即兴对话

第三辑　《批评与想象》残墨

　我与批评

　从批评的实践性看当代批评的发展趋向

　略谈吴亮的批评

　略谈蔡翔的批评

　声色犬马　皆有境界——莫言小说艺术三题

　　[附录]关于《红高粱》的对话

　换一种眼光看人世——赵本夫小说初探

在社会理性的准则之外

 [附录1]关于《悬挂的绿苹果》的对话

 [附录2]关于《叶兆言文集》

《北京人》：从形式到内容的挑战

关于长篇小说结构模式的通信

台湾版序跋

新版后记

《马蹄声声碎》(1990年文集)

学林出版社1992年版 责任编辑：李东

序

第一辑 论文两篇

 但开风气不为师——论台湾新世代小说在文学史上的意义

 黑色的颓废——读王朔的作品札记

第二辑 书简十封

 历史与现实的二元对话——致周介人谈莫言的小说

 由故事到反故事——致施叔青谈李晓的小说

 走你自己的路——致程乃珊谈《望尽天涯路》

 在两个文本之间——致沈善增谈《正常人》

 自然主义与生存意识——致王干谈新写实小说

 眼底烟云尽过时——致王观泉谈瞿秋白的传记

 应该删掉和不应该删掉的——致丁言昭谈关露的传记

重铸时代精魂的工作——致史中兴谈贺绿汀的传记
　　苦风苦雨说知堂——致钱理群谈周作人的传记
　　从小说到荧幕——致黄蜀芹谈电视剧《围城》
第三辑　序跋五种
　　台湾版《中国新文学整体观》自序
　　《笔走龙蛇》序跋
　　　一、写给台湾的读者
　　　二、再补说几句
　　《二十世纪的文学》导论
　　隔海赏奇葩——序林燿德小说选《大东区》
　　赵逢炎《流泪的夜》序
第四辑　特写四章
　　春风化雨——钱谷融教授印象
　　"人"字应该怎样写——贾植芳教授印象
　　康乃馨不再飘香——怀念王瑶教授
　　只知耕耘，不问收获——毕修勺教授印象

《羊骚与猴骚》(1991—1992年文集)
上海人民出版社1994年版　责任编辑：张珏

自序
第一辑　自己的书架(甲集)
　　弁言

颤抖在时代的边缘上

吉卜林的《老虎,老虎》

戈尔丁的《蝇王》

梅特林克的《丁泰琪之死》

梅特林克的《青鸟》

显克微支的《你往何处去》

莱蒙特的《农民》

大桥的寓意——安德里奇的《德里纳河上的桥》

昆德拉的《不朽》

塞费尔特的《紫罗兰》

俄罗斯能不能继续存在——蒲宁的《故乡》

为什么流浪?——凯鲁亚克的《在路上》

纳博科夫的《洛丽塔》

奥尼尔的《琼斯皇》

《大地》三部曲

弗洛伊德的书

《精神分析引论》

少女杜拉与冯小青

莫里亚克的《盘缠在一起的毒蛇》

纪德的《伪币制造者》

法朗士的《黛依丝》

萨特的《苍蝇》

卢梭的《爱弥儿》

尼采的《悲剧的诞生》

第二辑　自己的书架（乙集）

鲁迅的杂文

鲁迅的骂人

周作人的书

读《周作人早年佚简笺注》

关于周作人的书

老舍之死

巴金的全集

《随想录》的随想

凌叔华的《古韵》

王映霞的《自传》

《围城》的寓象

说说鲍小姐

关于《围城》汇校本

《劫后文存——贾植芳序跋集》

《岗上的世纪》

侃侃王朔

《渴望》的文化原型

《霸王别姬》与民间社会

《逍遥颂》

"活见鬼"的背后——《绿色咖啡馆》评析

叶兆言的《夜泊秦淮》

刘玉堂的"沂蒙山系列"

"海派"文艺

长篇小说"长短"论——读两年来上海地区发表的几部作品

灯下漫笔——关于《梅清纪念集》

第三辑　隔海文谈

读台湾希代版《新世代小说大系》

王尚义和《野鸽子的黄昏》

吉铮和她的《海那边》

关于王祯和

林燿德的《恶地形》

台语散文：《陀螺人生》

龚鹏程的《我们都是稻草人》

西西的《致西绪福斯》

关于香港的两本书

第四辑　书简与序跋

读《第三丰碑》——致张振华

又见陈奂生——致高晓声

昨夜小楼又东风——致沈乔生

蜕变期的印痕——致赵本夫

余华小说与世纪末意识——致林燿德

刘震云：冬天的话题——致张业松

还原民间：谈张炜《九月寓言》——致李先锋

现代社会与读物——兼谈梁凤仪的作品

《中国文化名人传记丛书》出版缘起

《红尘孤旅》序

《傅雷传》序

巴金的文学创作道路——《青少年巴金读本》前言

《巴金域外小说》序

《人类童年的梦》序

第五辑　人物剪影

记冰心

陈子展

许杰

施蛰存

巴金写完《随想录》之后

殊途同致终有别——记贾芝与贾植芳先生

永远的浪漫——怀念吴朗西先生

后记

《鸡鸣风雨》(1993年文集)

入收"火凤凰新批评文丛"

总体策划：陈思和　王晓明

学林出版社1994年版　责任编辑：李东　李禾

小引

当代文学研究专辑

文学观念中的战争文化心理——当代文化与文学论纲之一
　　民间的浮沉：从抗战到"文革"文学史的一个解释——当代文化与文学论纲之二
　　民间的还原："文革"后文学史某种走向的解释——当代文化与文学论纲之三
　　关于"新历史小说"
　　关于乌托邦语言的一点随想——致郜元宝谈王蒙小说的特色
中外文学关系专辑
　　王国维鲁迅比较论——本世纪初西方现代思潮在中国的影响
　　七十年外来思潮影响通论
　　1978—1982：西方现代主义在中国的引进
　　关于比较文学的一点想法
　　二十世纪中外文学关系研究的一点想法
台港文学评论小辑
　　创意与可读性——试论台湾当代科幻与通俗文类的关系
　　试论香港诗人羁魂的诗
跋

《犬耕集》(1994年文集)
入收"火凤凰文库"
总体策划：陈思和　李辉

上海远东出版社 1996 年版
责任编辑：杨晓敏

自序
知识分子在现代社会转型期的三种价值取向
现代出版与知识分子的人文精神
再为新文学的校勘工作说几句
困惑中的断想
关于人文精神的独白
上海人、上海文化和上海的知识分子
《栖居与游牧之地》序
艺术生命力在民间
结束与开端：巴金研究的跨世纪意义
《校园流行色》序
致日本学者坂井洋史（一）
关于《金光大道》也说几句话
致日本学者坂井洋史（二）
从评奖看上海地区的文学创作
《逼近世纪末小说选（卷一）》序
《理解九十年代》后记
《逼近世纪末小说选（卷二）》序
奥斯维辛之后的诗
良知催逼下的声音——关于张炜的两部长篇小说

致日本学者坂井洋史(三)

民间和现代都市文化

现代都市通俗小说与民间立场

关于张爱玲现象

知识分子进入都市民间的一种方式

当代都市文学创作中的民间形态之一：现代读物

关于编写中国二十世纪文学史的几个问题

后记

《豕突集》(1995年文集)

入收"书友文丛" 主编：倪墨炎

汉语大词典出版社1998年版 责任编辑：施长贵

书缘(代序)

第一辑 关于一本书的诞生

  关于《巴金论稿》写作的通信

  致李辉信(18封)

    [附录]《巴金论稿》小引

第二辑 谈自己和师友的书

  关于现代文学研究的一封信

  《笔走龙蛇》新版后记

  《还原民间》自序

  关于《火凤凰新批评文丛》

《黑水斋漫笔》序跋

我为什么要为青少年编书

现代人不应该遗忘什么？

交织着苦难与理想的歌

留给下一世纪的见证

读王观泉著《席卷在最后的黑暗中》

读程伟礼著《信念的旅程》及有关商榷

读陈子善编《知堂杂诗抄》

读金丹元著《比较文化与艺术哲学》

从《两刃之剑》到《旷野的呼声》

第三辑　论随便翻翻的书刊

文学中的妓女形象

两部写妓女的小说

读沈从文的《灯》

读《余上沅戏剧论文集》

关于《亭子间嫂嫂》

读《陈寅恪最后二十年》

门槛上的断想

我与《天涯》

想起了《外国文艺》创刊号

读报有感（四则）

也谈"批评的缺席"

第四辑　演讲和访谈录

我往何处去——在早稻田大学的学术演讲

纪念雨果——谈《笑面人》及雨果在中国

巴金研究访谈录——答《上海教育学院学报》记者问

关于《家》改编戏曲片的一点建议——与电视戏曲片《家》
　　的编导一席谈

百年荣枯一夕话——答《文讯》杂志李瑞腾问

面对逼近世纪末的中国文学——答《读书人报》记者问

"无名"状态下的90年代小说——答《小说界》编辑问

对"无名"状态的再思考——答《作家报》记者问

后记

《写在子夜》(1996年文集)

入收"智者心语丛书"

上海人民出版社1996年版　责任编辑：张珏

听鼠（代序）

霞ケ浦漫思

　　无月的遥想

　　共名和无名

　　新文学运动中的一件公案

　　关于"荆生将军"

　　关于正志中学

　　致李辉：面对沧桑看云时

  致尤凤伟：历史的另一种写法

  世纪末文坛上的流星——悼念林燿德

  朱东润先生

黑水斋序跋

  韩文版《中国新文学整体观》序

  回顾脚印

  碎片中的世界

  碎片中的历史

  关于旧序

  旧序之一：《批评与想象》序

  旧序之二：《人生美文系列》序

  旧序之三：《人兽》序

  关于《查泰莱夫人的情人》

  余思牧和他的《作家巴金》

幕外随感录

  云门舞剧团在上海的演出

  舞台下的外行话

  观剧短语

  说说五个武则天

  外婆桥？似乎没摇到——从一个失败的例子看旧上海题材的虚假性

  由"十大名片"而想起

灯下人与书

随想以后是再思

词典编写与人文精神

这样的散文,这样的人

我所喜欢的10部专业书

读张爱玲的《对照记》

读周作人的《胜业》

再论鲁迅的骂人

初读《水浒》的一点回忆

《儒林外史》中的文人思想

后记

《牛后文录》(1997年文集)

入收"大象漫步"书系　　主编:李辉

大象出版社2000年版　　责任编辑:张旭辉

九十年代文化思潮片论(代序)

谈人

"我最后还要用行动来证明"——九十岁以后的巴金先生

消失了的文化风景——怀念郑超麟老人

遥忆——回忆周介人先生

致王晓明的一封信

谈吃

现代散文创作中的谈"吃"传统

苦丁茶

上海的西餐

韩国的泡菜

食谱与文学——隔海读书二题

谈作家的书

巴金《〈随想录〉手稿本》跋

近年来出版的几套文学丛书

都市文化精神与文学创作的几点想法

试论《长恨歌》中王琦瑶的意义

编辑：文学希望之孕——序《艺海双桨》

关于《中国当代文学史教程》

从"会哭的树"谈起——关于《少女小渔》

文学版图的开拓者——读《台湾文学的街头运动》

谈学生的书

《浮世的悲哀——张爱玲传》序

《残月下的孤旅》序

《城市野望》序

理想与希望之孕

致娜朵

再致娜朵

谈杂志与专栏

我的散文观——答《散文选刊》问

管窥海外华文文学

批评没有缺席——写在《上海青年评论家巡礼》前

这也是"生活"——关于《三联生活周刊》

杂志杂谈

"无名论坛"之一：关于无名时代的批评

"无名论坛"之二：关于潜在写作

"无名论坛"之三：关于《随想录》

"无名论坛"之四：关于旧体诗

谈教育

  高考

  关于中学生日记

  研究生教育漫谈

  大学教育与当代知识分子的岗位——答张新颖问

  教育的历史与现状——答李辉问

  作家上讲台杂谈

  一个令人高兴的话题

  复旦的精神

后记

《谈虎谈兔》(1998—1999年文集)

广西师范大学出版社2001年版   责任编辑：郑纳新

谈谈虎 谈谈兔(序)

谈虎集

中国现代文学研究展望
关于中国现代短篇小说
关于20世纪中外文学关系研究中的世界性因素
我们的抽屉——试论当代文学史(1949—1976)的潜在写作
试论《无名书》

研究90年代文学中的几个概念的说明
1996年小说创作一瞥
关于"现实主义冲击波"的思考
多元格局下的小说文体实验
1997年小说创作一瞥
营造精神之塔——论王安忆90年代初的小说创作
《马桥词典》：中国当代文学的世界性因素之一例
林白论
人性透视下的东方伦理——读严歌苓的两部长篇小说
现代都市社会的"欲望"文本——以卫慧和棉棉的创作为例

凤凰·鳄鱼·吸血鬼——台湾文学创作中的几个同性恋意象
海底事，说不尽——论台湾90年代文学中的海洋题材创作

谈兔集

遥想蔡元培——关于《北大之父蔡元培》的一封信
三论鲁迅的骂人

巴金的意义

    ［附录一］"巴金旧居"辨正及其他

    ［附录二］关于巴金发现《雷雨》

走近巴金老人——读《世纪巴金》

国难当年话作家——纪念几位死于抗战的中国作家

难说

遥忆大学路

记忆像桃花一样灿烂

难忘《三家巷》

无时无刻不在悲风吹拂中——杂说《太平杂说》

《谜一样的一段情》序

《中国现代喜剧文学史》序

《商务印书馆：民间出版业的兴衰》序

关于科幻小说——答《科幻海洋》编辑问

关于几部戏和几部电影的乱弹

传媒批评：一种新的批评话语

文学批评与20世纪90年代文学的互动

"无名论坛"之五：《曾卓论》

"无名论坛"之六：关于香港文学

读两本台湾小说

《中国当代文学史教程》前言

关于中国当代文学史的对话

关于当代文学史教学的几点看法

关于"火凤凰",我还要说什么

东亚细亚的现代性与20世纪的中国

反思与前瞻——从中学语文教材改革谈起

给知识以生命——陈思和访谈录

陈思和编年体文集总目录

陈思和教授的人格理想与学术道路(何清)

陈思和学术思想的意义(王光东)

《草心集》(2000—2002年文集)

入收"学灯新丛"

广东教育出版社2004年版　责任编辑:邱方　朱万国

平安的祈祷(代题记)

母亲的手

纪念柯灵先生

纪念张钧先生

感天动地夫妻情——记贾植芳先生和任敏师母

赵先生一百岁

为自由而抗争的灵魂——怀念无名氏先生

新时期文学概说

海派文学的传统

莫言近年来小说创作的民间叙事

读阎连科小说的札记

试论阎连科《坚硬如水》的恶魔性因素

试论张炜小说中的恶魔性因素

洪凌文字的魔力

写在"火凤凰学术遗产丛书"出版之际

《当代文学关键词十讲》自序

关于赵本夫的三篇文章

面对新世纪的文学

在人物命运之上的……

王光东的文学批评

杨扬的文学批评

吴义勤的文学批评

武侠、情色与剑

读书中的旅行

"无名论坛"之七：少数民族文学

"无名论坛"之八：结束语

有科学精神的人文和有人文精神的科学

文学还能不能面对当下社会生活？——关于近年来长篇小说

变化的对谈

台港与海外华文文学的研究展望

要有一颗敢于抗衡的心——关于入世后中国电影发展的对谈

在出版中贯穿人文精神

继往开来

对《散文诗的艺术形式：鲁迅的〈野草〉与佩特的〈文艺复兴〉》的评议之评议

后记

《海藻集》(2003—2006年文集)

广西师范大学出版社2007年版

组稿编辑：郑纳新

责任编辑：陈婧裬

序

第一辑　激流尽处　应是黎明

  从鲁迅到巴金：新文学传统在先锋与大众之间——试论巴金在现代文学史上的意义（一）

  从鲁迅到巴金：新文学精神的接力与传承——试论巴金在现代文学史上的意义（二）

  从鲁迅到巴金：《随想录》的渊源及其解读——试论巴金在现代文学史上的意义（三）

  巴金研究的几个问题——我对巴金研究的回顾和展望

关于巴金的几篇序跋

永恒的镜头艺术——徐福生镜头里的巴金

新版沪剧《家》观后

《家》的解读

读巴金的《怀念振铎》

"巴金和靳以联袂主编的旧期刊"系列总序

巴金提出忏悔的理由

忏悔从怀念小狗开始——巴金《小狗包弟》分析

激流尽处应是黎明

重读作品是纪念巴金的最好方式

这不仅仅是遗愿——巴金逝世百日祭

巴金访谈录

第二辑　文学是缘　读书是闲

文学是一种缘

中国当代小说创作状况的一个考察

对样板戏再认识

读春风文艺版《21世纪中国文学大系(2002)》感言

读近年台湾短篇小说有感

春来发几枝——读《小说选刊》2004年第四至六期的小说

关于"都市文学"的议论兼谈几篇作品

试论"五四"新文学运动的先锋性

简论抗战为文学史分界的两个问题

学科命名的方式与意义——关于"跨区域华文文学"之我见

再说传媒批评

当代文学趋向与出版对策

城市文化与文学功能——兼谈上海城市文学品牌

知识分子的岗位意识与人文情怀——陈思和先生访谈录

第三辑　上海文学　如是我闻

五十年弹指一挥间

为什么要提倡短篇小说

文学中坚

走通两仪,独立文舍——主编《上海文学》的一点追求

轻舟已过万重山——写在《上海文学》2006 年第 7 期的前面

从细节出发——王安忆近年短篇小说艺术初探

最时髦的富有是空空荡荡——严歌苓短篇小说艺术初探

在柔美与酷烈之外——刘庆邦短篇小说艺术谈

踏进新的生活以后——读阿成的两篇小说

愿微光照耀她心中的黑夜——读林白的两篇小说

在精致结构中再现历史的沉重——张学东的短篇小说艺术

民间世界的善意与温暖——读肖克凡的几个短篇小说

什么是美丽的最好定格——读雪漠的《美丽》有感

《郁金香》编后感言——张爱玲小说的新发现

一笑了之以后,还是有话要说——关于王蒙的《尴尬风流新编》

"万物花开"闲聊录——林白访谈

我"痛"什么——陆星儿访谈

太白选编

传承人文薪火——陈思和访谈录

《献芹录》(2006—2008年文集)

复旦大学出版社2009年版　责任编辑：孙晶

书架故事(代序)

第一部分　自己的书架

　　弁言

　　之一：《美丽上海》

　　之二：《食书的女人》

　　之三：《西方前现代泛诗传统》

　　之四：《诗的隐居》

　　之五：《第九个寡妇》

　　之六：《诗的蒙难》

　　之七：《海上学人》

　　之八：《尴尬风流》

　　之九：《垂柳巷文辑》

　　之十：《中国现代文学社团史研究书系》

　　之十一：《潘旭澜文选》

　　之十二：《〈中国评论〉与晚清中英文学交流》

　　之十三：《秦腔》

　　之十四：《紫色海》

之十五:《惜别》

之十六:《碧奴》

之十七:《上海魔术师》

之十八:《三生三世》

之十九:《私宴》

之二十:《边地梦寻》

之二十一:《都市文化研究书系》

之二十二:《兄弟》

之二十三:《鲁迅·革命·历史》

之二十四:《闲暇:文化的基础》

之二十五:《海藻集》

之二十六:《圣天门口》

之二十七:《定西孤儿院纪事》

之二十八:《刺猬歌》

之二十九:《这一片人文风景》

之三十:《大学语文实验教程》

之三十一:《弱势民族文学在中国》

之三十二:《瑰宝》

之三十三:《诗的朝圣》

之三十四:《海派文化的十大经典流变》

之三十五:《面包与自由》

之三十六:《报纸副刊与中国知识分子的现代转型》

之三十七:《中国现代通俗文学史》(插图本)

之三十八：《灵魂不能下跪》

之三十九：《沙漠上鲜活的鱼》

之四十：《梅志文集》

　　附录：是"雷马克"不是"高尔基"

之四十一：《魔都上海》

之四十二：《中国文学史新著》

之四十三：《"薪传"系列》

之四十四：《赤脚医生万泉和》

之四十五：《带母语回家》

之四十六：《思想的尊严——胡风百年诞辰学术讨论会文集》

之四十七：《未完的人生大杂文》

之四十八：《项狄传》

之四十九：《胡风家书》

之五十：《光华文存》

后记

第二部分　自己的书架余编

题记

之一：《不可一世论文学》

之二：《谈话的岁月》

之三：《中国当代文学关键词十讲》

之四：《中国当代文学史教程》韩译本

之五：《说话的精神》

之六：《在历史缝隙间挣扎》

之七:《中日文学中的蛇形象》

之八:《吊诡的新人》

之九:《话语与生存》

之十:《晚清主要小说期刊译作研究》

之十一:《异态时空中的精神世界》

之十二:"20世纪文学史理论创新探索丛书"导言

跋

《萍水文字》(2007—2010年文集)

入收"新世纪批评家丛书"　主编:徐俊西　王纪人
上海文艺出版社 2011 年版　责任编辑:谢锦

代序:对新世纪十年文学的一点理解

第一辑　文史窥探

　我们的学科:已经不再年轻,其实还很年轻

　评"中国现代文学史多元共生新体系"——范伯群教授的
　　新追求和新贡献

　六十年文学话土改

　从"少年情怀"到"中年危机"——20世纪中国文学研究的
　　一个视角

　关于巴金《春梦》残稿的整理与读解

　试论《红日》的不同版本及其爱情描写

　如何当家?怎样做主?——重读鲁煤执笔的话剧《红旗

歌》札记

第二辑　当代阅读

　　双重叠影·深层象征——从《小鲍庄》谈王安忆小说的一种叙事技巧

　　读《启蒙时代》

　　后"革命"时期的精神漫游——读《致一九七五》

　　人生境界之上,还有精神境界——与储福金先生谈《黑白》的小说结构

　　写父亲,太沉重——读阎连科的《我与父辈》

　　约拿与尼尼微城的故事——读李兰妮的精神自传《旷野无人》

　　从《圣殿春秋》说到《龙窑》——兼谈畅销文化与民间文化的区别

　　短篇随谈——读《红豆》2009年第9期创作专辑

　　试论陈映真的创作与"五四"新文学传统

　　多重叠影下的深度象征——试析苏伟贞小说创作中的三个文本

后记

（二）文学史研究论著和教材

《中国新文学整体观》
上海文艺出版社1987年初版（入收"牛犊丛书"）
责任编辑：林爱莲

台湾业强出版社1990年增订版(入收"新知丛刊")

主编:陈信元

韩国青年社1995年韩文版

译者:金顺珍等　校对:朴宰雨

上海文艺出版社2001年第2版增订版

责任编辑:林爱莲

★　上海文艺出版社1987年初版目录

编者与作者的对话

中国新文学史研究中的整体观

　　一　新文学是一个开放型的整体

　　二　新文学与世界文学的整体框架

　　三　传统与发展:作为一种方法论的提出

中国新文学发展的圆型轨迹

　　一　新文学的基本轨迹:矛盾的多重性

　　二　新文学的基本主题:现代文明的呼唤

　　三　新文学发展的形态:继承与超越

中国新文学发展中的现实主义

　　一　起步:现实主义与自然主义的分袂

　　二　发展:现实主义与马克思主义的同步

　　三　低潮:现实主义与伪现实主义的抗衡

　　四　趋向:现实主义的恢复与正常前进

中国新文学发展中的现实战斗精神
  一 新文学的基本精神传统
  二 现实战斗精神与现实主义的关系
  三 结语：现实战斗精神在新时期文学中的发展

中国新文学发展中的现代战斗意识
  一 背景：年轻一代作家的成长
  二 特征：反抗、虚无和孤独
  三 前景：作为一种文学精神变体的可能性

中国新文学发展中的现代主义
  一 现代主义对"五四"新文学的影响
  二 现代主义在中国的历史命运
  三 现代意识与民族文化相融汇的前景

中国新文学发展中的忏悔意识
  一 忏悔意识在西方文学中的演变
  二 "五四"时期文学中的忏悔意识
  三 从"人的忏悔"到"忏悔的人"
  四 "忏悔的人"的自我认识的退化
  五 新时期文学中忏悔意识发展的可能性

中国新文学对文化传统的认识及其演变
  一 问题的提出："五四"反传统的背景及其价值
  二 新文学对传统文化的批判
  三 "五四"时期的两种思维形态
  四 后继者对"五四"新文化的反省

五　重新评价传统文化的意义

后记

★ 台湾业强出版社1990年增订版目录

第一章　中国新文学史研究的整体观

第二章　中国新文学史发展的圆型轨迹

第三章　中国新文学史发展中的启蒙传统

第四章　中国新文学史发展中的现实主义

第五章　中国新文学史发展中的现实战斗传统

第六章　中国新文学史发展中的浪漫主义

第七章　中国新文学史发展中的现代主义

第八章　中国新文学史发展中的忏悔意识

第九章　中国新文学史对文化传统的认识及其演变

【附录】

　　"新文学整体观"的构想——答林爱莲小姐问

★ 上海文艺出版社2001年第2版增订版目录

序（郜元宝）

绪论

第一章　中国新文学史研究的整体观

　　一　新文学是一个开放型的整体

　　二　新文学与世界文学的整体框架

　　三　传统与发展：作为一种方法论的提出

第二章　中国新文学发展中的启蒙传统
　一　启蒙的文学和文学的启蒙
　二　"为人生"和"为艺术"
　三　《语丝》的分化
　四　两种启蒙意识的衰落

第三章　中国新文学发展中的文化状态
　一　关于时代的共名和无名
　二　共名状态下的文学创作
　三　无名状态下的文学创作

第四章　中国新文学发展中的战争文化心理
　一　战争与抗战后新的文化规范
　二　文学观念中的战争文化心理

第五章　中国新文学发展中的民间文化形态
　上篇　民间的浮沉：从抗战到"文革"文学史的一个解释
　　　一　民间在文学史上的地位
　　　二　民间文化形态与政治意识形态之间的关系钩沉
　　　三　文学创作中的民间隐形结构
　中篇　民间的还原："文革"后文学史某种走向的解释
　　　一　"文革"后文学的两个源头
　　　二　广场上的文学
　　　三　民间还原的诸种特点
　下篇　现代都市文化与民间形态
　　　一　民间在都市文化建构中的表现形态

  二 现代都市通俗小说与民间立场
  三 张爱玲现象与现代都市文学
  四 知识分子参与都市民间的一种方式
  五 现代都市文学创作的民间形态之一：现代读物

第六章 中国新文学发展中的传统文化因素

 上篇 新文学对传统文化的认识及演变
  一 "五四"反传统的背景及其价值
  二 新文学对传统文化的批判
  三 "五四"时期的两种思维形态
  四 后继者对"五四"新文化的反省

 下篇 当代文学创作中的文化寻根意识
  一 文化寻根意识的产生
  二 当代文化寻根的意义
  三 寻根小说的两端：《北方的河》和《棋王》
  四 寻根小说的审美追求

第七章 中国新文学发展中的现实主义

 上篇 现实主义思潮发展概述
  一 起步阶段：现实主义与自然主义的分袂
  二 发展阶段：现实主义与马克思主义的同步
  三 低潮阶段：现实主义与伪现实主义的抗衡

 中篇 从现实主义创作论到作家的现实战斗精神

 下篇 当代文学创作中的现代反抗意识
  一 两代作家的现实主义

二　现代反抗意识的审美特征

　　三　现代反抗意识在今天的意义

第八章　中国新文学发展中的浪漫主义

一　个人抒情小说与田园抒情小说

二　从浪漫到抒情

第九章　中国新文学发展中的现代主义

　上篇　西方现代主义文学与中国新文学

　　一　中西现代文学比较

　　二　现代主义对"五四"新文学的影响

　　三　现代主义在中国的历史命运

　　四　现代意识与民族文化相融汇的前景

　下篇　中国新文学发展中的忏悔意识

　　一　忏悔意识在西方文学中的演变

　　二　"五四"时期文学中的忏悔意识

　　三　从"人的忏悔"到"忏悔的人"

　　四　"忏悔的人"自我认识的退化

　　五　文学中忏悔意识重现的可能性

第十章　中国新文学发展中的外来影响

一　二十世纪初到1949年外来思潮影响

二　1949年到二十世纪末的外来思潮影响

三　"影响研究"以外的一种方法的探讨

再版后记

《新文学整体观续编》

入收"20世纪文学史理论创新探索丛书"　主编：陈思和

山东教育出版社2010年版　责任编辑：祝丽

总序

代序：我们的学科，已经不再年轻，其实还年轻

第一章　"五四"新文学运动的先锋性

　　第一节　先锋运动：中国20世纪文学的世界性因素

　　第二节　"五四"新文学运动是一场先锋运动

　　第三节　以巴金为例：新文学传统在先锋与大众之间

第二章　抗战与当代文学

　　第一节　抗战为中国20世纪文学史的分界

　　第二节　当代文学观念中的战争文化心理的形成

　　第三节　战争文化心理在文学观念上的表现

第三章　当代文学史上的潜在写作

　　第一节　潜在写作的文学史意义

　　第二节　潜在写作的重要文本：《无名书》

第四章　文学史上的民间文化形态

　　第一节　从抗战到"文革"文学史的一个解释

　　第二节　"文革"后文学某种走向的解释

　　第三节　新世纪文学创作的民间审美

第五章　现代都市文化与民间形态

　　第一节　都市文化建构中的民间形态

第二节 张爱玲现象与现代都市文学

第三节 现代都市文学创作的民间形态之一：现代读物

第六章 共名与无名相交替的文学形态

第一节 共名与无名的文化状态

第二节 共名状态下的文学创作

第三节 无名状态下的文学创作

第四节 20世纪90年代文学的无名特征

第七章 20世纪中国文学的世界性因素

第一节 中外文学关系中的世界性因素

第二节 《马桥词典》：中国当代文学的世界性因素之一例

后记

《文学史理论的新探索》

入收"世界华文作家精选集丛书"第二辑　主编：郭枫

台湾新地文化艺术有限公司2012年版

回答——"世界华文作家精选集丛书"总序（郭枫）

自序

第一章 五四新文学运动的先锋性

第一节 先锋运动——二十世纪文学的世界性因素

第二节 五四新文学运动是一场先锋运动

第三节 以巴金为例——新文学传统在先锋与大众之间

第二章 抗战与当代文学

　第一节 抗战为二十世纪文学史的分界

　第二节 当代文学观念中的战争文化心理

　第三节 战争文化心理在文学观念中的表现

第三章 当代文学史上的潜在写作

　第一节 潜在写作的文学史意义

　第二节 潜在写作的代表作——《无名书》

　　　［附录］一、自己的书架·曾卓的《有赠》

　　　　　　二、自己的书架·《诗的隐居》

第四章 现代都市文化与民间形态

　第一节 都市文化建构中的民间形态

　第二节 张爱玲现象与现代都市文学

　第三节 现代都市文学创作的民间形态之一——现代读物

第五章 无名时代的文学

　第一节 时代的共名与无名

　第二节 共名状态下的文学创作

　第三节 无名状态下的文学创作

　第四节 一九九〇年代文学的无名特征及其当代性

第六章 中国文学的世界性因素

　第一节 回答几个相关的质疑

　第二节 对"世界性因素"研究的几点理解

　第三节 中国当代文学的世界性因素之一例——《马桥词典》

陈思和著作书目

《中国当代文学史教程》（主编）

本书参与者有：王光东、刘志荣、宋炳辉、宋明炜、李平、河清

复旦大学出版社 1999 年版

责任编辑：杜荣根　孙晶

台湾联合文学出版社 2002 年版（改名《当代大陆文学史教程 1949—1999》）

主编：江一鲤　责任编辑：张清志

韩国文学村出版社 2008 年韩文版

译者：朴兰英　鲁贞银

★ 复旦大学出版社 1999 年版目录

前言

绪论　中国当代文学的源流、分期和发展概况

第一章　迎接新的时代到来

　　第一节　"五四"新文学传统的转型

　　第二节　胜利者的政治抒情：《时间开始了》

　　第三节　寻找时代的切合点：《奥斯威辛集中营的故事》

　　第四节　潜在写作的开端：《五月卅下十点北平宿舍》

第二章　来自民间的土地之歌

　　第一节　民间文化形态与农村题材创作

　　第二节　民间艺术空间的探索：《山乡巨变》

  第三节 民间立场的曲折表达:《锻炼锻炼》
  第四节 民间艺术的隐形结构:《李双双》
第三章 再现战争的艺术画卷
  第一节 战争文化规范与小说创作
  第二节 战争小说的巨构性探索:《红日》
  第三节 战争小说的传奇性:《林海雪原》
  第四节 战争小说与人性美:《百合花》
第四章 重建现代历史的叙事
  第一节 确立现代历史叙事模式
  第二节 家族和历史的命运组合:《三家巷》
  第三节 旧时代的民间生活浮世绘:《茶馆》
  第四节 知识分子的心灵搏斗掠影:《红豆》
第五章 新的社会矛盾的探索
  第一节 "双百方针"前后的文艺界思想冲突
  第二节 新的矛盾和困惑:《组织部新来的青年人》
  第三节 思想者的苦恼:《望星空》
  第四节 受难者的炼狱之歌:《又一名哥伦布》与《有赠》
第六章 寻求历史与现实的呼应
  第一节 历史题材创作的繁荣
  第二节 知识分子英雄形象的再现:《关汉卿》
  第三节 知识分子心声的曲折表露:《陶渊明写〈挽歌〉》
  第四节 清官形象的理论与创作:《十五贯》与《况钟的笔》

第七章 多民族文学的民间精神
　第一节 进入汉语世界的多民族文学
　第二节 民间文学的整理与改编:《阿诗玛》
　第三节 民族风土的记忆与诗情:《正红旗下》
　第四节 汲取民间营养的文人创作:《划手周鹿之歌》
第八章 对时代的多层面思考
　第一节 时代的抒情与个人的思考
　第二节 时代的抒情:《桂林山水歌》与《长江三日》
　第三节 现实的讽喻:《燕山夜话》及其他
　第四节 私人性话语:《无梦楼随笔》
第九章 "文化大革命"时期的文学
　第一节 "文化大革命"对文学的摧残及"文革"期间的地下文学活动
　第二节 老作家的秘密创作:《缘缘堂续笔》
　第三节 压抑中的生命喷发与现代智慧:《半棵树》与《神的变形》
　第四节 年轻一代的觉醒:《这是四点零八分的北京》与《波动》
第十章 "五四"精神的重新凝聚
　第一节 "五四"新文学传统的复苏
　第二节 痛定思痛的自我忏悔:《随想录》
　第三节 年轻一代的觉悟与反思:《死》
　第四节 民族命运的自觉承担:《一代人》

第十一章　面对劫难的历史沉思

　　第一节　"归来者"的历史反思

　　第二节　从"同路人"的立场反思历史:《内奸》

　　第三节　对理想主义及其实践过程的反思:《海的梦》

　　第四节　对民族灾难的反思:《哎,大森林》

第十二章　为了人的尊严与权利

　　第一节　文学创作中人道主义思想的兴盛

　　第二节　苦难民间的情义:《邢老汉和狗的故事》

　　第三节　美好理想的憧憬:《哦,香雪》

　　第四节　女性激愤的呼声:《方舟》

第十三章　感应着时代的大变动

　　第一节　改革开放政策下的社会与文学的责任

　　第二节　呼唤理想的人民公仆:《假如我是真的》

　　第三节　小人物命运的悲喜剧:《陈奂生上城》

　　第四节　人生道路的选择与思考:《人生》

第十四章　民族风土的精神升华

　　第一节　乡土小说与市井小说

　　第二节　大地上涌动着人生的欢乐:《受戒》

　　第三节　市井文化的描绘与反思:《烟壶》

　　第四节　来自大西北风情的歌唱:《巩乃斯的马》与《内陆高迥》

第十五章　新的美学原则的崛起

　　第一节　西方现代主义文学的引进与影响

第二节 "朦胧诗"的新的美学追求:《致橡树》与《双桅船》

第三节 舞台上的现代艺术尝试:《绝对信号》

第四节 小说中的现代意识:《山上的小屋》

第十六章 文化寻根意识的实验

第一节 文化寻根意识与文学实验

第二节 寻根文学的南北呼应:《棋王》与《爸爸爸》

第三节 来自民间的美好诗情:《商州初录》

第四节 "探索电影"的文化反思:《黄土地》

第十七章 先锋精神与小说创作

第一节 先锋小说的文化背景和文化意义

第二节 小说叙事美学的探索:《冈底斯的诱惑》

第三节 小说语言美学的实验:《我是少年酒坛子》

第四节 残酷与冷漠的人性发掘:《现实一种》

第十八章 生存意识与文学创作

第一节 新写实小说与新历史小说

第二节 当代生存意识的经典文本:《风景》

第三节 日常生活的诗性消解:《一地鸡毛》

第四节 对战争历史的民间审视:《红高粱》

第十九章 社会转型与文学创作

第一节 社会转型期的文学特点

第二节 摇滚中的个性意识:《一无所有》

第三节 商业写作中的反叛意识:《动物凶猛》

第四节 从小说到电影:《妻妾成群》与《大红灯笼高高挂》

第二十章　个人立场与文学创作
　　第一节　无名状态下的个人写作立场
　　第二节　个人对生命的沉思：《我与地坛》
　　第三节　个人对时代的反省：《叔叔的故事》
　　第四节　个人对时代的承担：《帕斯捷尔纳克》
第二十一章　新的写作空间的拓展
　　第一节　新的写作空间的拓展
　　第二节　女性自我世界的空间：《女人组诗》
　　第三节　中外文化撞击的空间：《少女小渔》
　　第四节　深层个性心理的空间：《绝望中诞生》
第二十二章　理想主义与民间立场
　　第一节　坚持民间理想的文学创作
　　第二节　民间宗教与理想的确立：《残月》
　　第三节　语言覆盖下的民间世界：《马桥词典》
　　第四节　在民间大地上寻求理想：《九月寓言》
附录一　本教材参考的主要书籍
附录二　当代作家小资料
没有结束的结语（代后记）

★ 台湾版《当代大陆文学史教程1949—1999》目录
前言
绪论　中国当代文学的源流、分期和发展概况
第一章　迎接新的时代到来

第一节 "五四"新文学传统的转型
第二节 胜利者的政治抒情:《时间开始了》
第三节 寻找时代的切合点:《奥斯威辛集中营的故事》
第四节 潜在写作的开端:《五月卅下十点北平宿舍》

第二章 来自民间的土地之歌
第一节 民间文化形态与农村题材创作
第二节 民间艺术空间的探索:《山乡巨变》
第三节 民间立场的曲折表达:《锻炼锻炼》
第四节 民间艺术的隐形结构:《李双双》

第三章 再现战争的艺术画卷
第一节 战争文化规范与小说创作
第二节 战争小说的巨构性探索:《红日》
第三节 战争小说的传奇性:《林海雪原》
第四节 战争小说与人性美:《百合花》

第四章 重建现代历史的叙事
第一节 确立现代历史叙事模式
第二节 家族与历史的命运组合:《三家巷》
第三节 旧时代的民间生活浮世绘:《茶馆》
第四节 知识分子的心灵搏斗掠影:《红豆》

第五章 新的社会矛盾的探索
第一节 "双百方针"前后的文艺界思想冲突
第二节 新的矛盾和困惑:《组织部新来的青年人》
第三节 思想者的苦恼:《望星空》

第四节 受难者的炼狱之歌:《又一名哥伦布》与《有赠》

第六章 寻求历史与现实的呼应

第一节 历史题材创作的繁荣

第二节 知识分子英雄形象的再现:《关汉卿》

第三节 知识分子心声的曲折表露:《陶渊明写〈挽歌〉》

第四节 清官形象的理论与创作:《十五贯》与《况钟的笔》

第七章 多民族文学的民间精神

第一节 进入汉语世界的多民族文学

第二节 民间文学的整理与改编:《阿诗玛》

第三节 民族风土的记忆与诗情:《正红旗下》

第四节 汲取民间营养的文人创作:《划手周鹿之歌》

第八章 对时代的多层面思考

第一节 时代的抒情与个人的思考

第二节 时代的抒情:《桂林山水歌》与《长江三日》

第三节 现实的讽喻:《燕山夜话》及其他

第四节 私人性话语:《无梦楼随笔》

第九章 "文化大革命"时期的文学

第一节 "文化大革命"对文学的摧残及"文革"期间的地下文学活动

第二节 老作家的秘密创作:《缘缘堂续笔》

第三节 压抑中的生命喷发与现代智慧:《半棵树》与《神的变形》

第四节 年轻一代的觉醒:《这是四点零八分的北京》与

《波动》

第十章　"五四"精神的重新凝聚

　　第一节　"五四"新文学传统的复苏

　　第二节　痛定思痛的自我忏悔:《随想录》

　　第三节　年轻一代的觉悟与反思:《死》

　　第四节　民族命运的自觉承担:《一代人》

第十一章　面对劫难的历史沉思

　　第一节　"归来者"的历史反思

　　第二节　从"同路人"的立场反思历史:《内奸》

　　第三节　对理想主义及其实践过程的反思:《海的梦》

　　第四节　对民族灾难的反思:《哎,大森林》

第十二章　为了人的尊严与权利

　　第一节　文学创作中人道主义思想的兴盛

　　第二节　苦难民间的情义:《邢老汉和狗的故事》

　　第三节　美好理想的憧憬:《哦,香雪》

　　第四节　女性激愤的呼声:《方舟》

第十三章　感应着时代的大变动

　　第一节　改革开放政策下的社会与文学的责任

　　第二节　呼唤理想的人民公仆:《假如我是真的》

　　第三节　小人物命运的悲喜剧:《陈奂生上城》

　　第四节　人生道路的选择与思考:《人生》

第十四章　民族风土的精神升华

　　第一节　乡土小说与市井小说

第二节 大地上涌动着人生的欢乐:《受戒》
第三节 市井文化的描绘与反思:《烟壶》
第四节 来自大西北风情的歌唱:《巩乃斯的马》与《内陆高迥》

第十五章 新的美学原则的崛起
第一节 西方现代主义文学的引进与影响
第二节 "朦胧诗"的新的美学追求:《致橡树》与《双桅船》
第三节 舞台上的现代艺术尝试:《绝对信号》
第四节 小说中的现代意识:《山上的小屋》

第十六章 文化寻根意识的实验
第一节 文化寻根意识与文学实验
第二节 寻根文学的南北呼应:《棋王》与《爸爸爸》
第三节 来自民间的美好诗情:《商州初录》
第四节 "探索电影"的文化反思:《黄土地》

第十七章 先锋精神与小说创作
第一节 先锋小说的文化背景和文化意义
第二节 小说叙事美学的探索:《冈底斯的诱惑》
第三节 小说语言美学的实验:《我是少年酒坛子》
第四节 残酷与冷漠的人性发掘:《现实一种》

第十八章 生存意识与文学创作
第一节 新写实小说与新历史小说
第二节 当代生存意识的经典文本:《风景》
第三节 日常生活的诗性消解:《一地鸡毛》

第四节　对战争历史的民间审视:《红高粱》

第十九章　社会转型与文学创作

第一节　社会转型期的文学特点

第二节　摇滚中的个性意识:《一无所有》

第三节　商业写作中的反叛意识:《动物凶猛》

第四节　从小说到电影:《妻妾成群》与《大红灯笼高高挂》

第二十章　个人立场与文学创作

第一节　无名状态下的个人写作立场

第二节　个人对生命的沉思:《我与地坛》

第三节　个人对时代的反省:《叔叔的故事》

第四节　个人对时代的承担:《帕斯捷尔纳克》

第二十一章　新的写作空间的拓展

第一节　新的写作空间的拓展

第二节　女性自我世界的空间:《女人组诗》

第三节　中外文化撞击的空间:《少女小渔》

第四节　深层个性心理的空间:《绝望中诞生》

第二十二章　理想主义与民间立场

第一节　坚持民间理想的文学创作

第二节　民间宗教与理想的确立:《走进大西北之前》

第三节　语言覆盖下的民间世界:《马桥词典》

第四节　在民间大地上寻求理想:《九月寓言》

没有结束的结语(代后记)

附录一　本教材主要参考书目

附录二 作家小资料

《新时期文学概说(1978—2000)》(主编)

教育部师范教育司组织评审　全国中小学教师继续教育教材

广西师范大学出版社 2001 年版　责任编辑：郑纳新　伍兵

导论

第一章　"五四"精神的重新凝聚

　　第一节　"伤痕文学"思潮及其向"五四"精神的回归

　　第二节　巴金和他的散文集《随想录》

　　第三节　陈村和他的短篇小说《死》

　　第四节　顾城和他的诗歌《一代人》

第二章　文学创作中对历史的反思

　　第一节　"反思文学"及其作家群体

　　第二节　方之和他的中篇小说《内奸》

　　第三节　王蒙和他的短篇小说《海的梦》

　　第四节　公刘和他的诗歌《哎，大森林》

第三章　文学创作对社会改革的呼吁

　　第一节　"改革文学"的兴起及其特征

　　第二节　蒋子龙和他的中篇小说《乔厂长上任记》

　　第三节　高晓声和他的短篇小说《陈奂生上城》

　　第四节　路遥和他的中篇小说《人生》

第四章　文学创作中的人道主义思潮
　　第一节　人道主义思潮的兴起及其争鸣
　　第二节　张贤亮和他的短篇小说《邢老汉和狗的故事》
　　第三节　铁凝和她的短篇小说《哦,香雪》
　　第四节　张洁和她的中篇小说《方舟》
第五章　文学创作中的现代意识
　　第一节　西方现代主义文学的引进及其影响
　　第二节　舒婷和她的诗歌《致橡树》、《双桅船》
　　第三节　高行健和他的话剧《绝对信号》
　　第四节　残雪和她的短篇小说《山上的小屋》
第六章　文学创作中的民俗文化
　　第一节　民俗民间文化在新时期文学创作中的体现
　　第二节　汪曾祺和他的短篇小说《受戒》
　　第三节　邓友梅和他的中篇小说《烟壶》
　　第四节　周涛的散文《巩乃斯的马》和昌耀的诗《内陆高迥》
第七章　文学创作中的"文化寻根"意识
　　第一节　"寻根文学"的理论倡导与创作概况
　　第二节　阿城的中篇小说《棋王》和韩少功的中篇小说《爸爸爸》
　　第三节　贾平凹和他的笔记体作品《商州初录》
　　第四节　"探索电影"的文化反思和电影《黄土地》
第八章　文学创作中的先锋精神
　　第一节　先锋小说的文化背景及其争鸣

第二节　马原和他的中篇小说《冈底斯的诱惑》

第三节　孙甘露和他的中篇小说《我是少年酒坛子》

第四节　余华和他的中篇小说《现实一种》

第九章　新写实小说与新历史小说

第一节　新写实与新历史小说的意义

第二节　方方和她的中篇小说《风景》

第三节　刘震云和他的中篇小说《一地鸡毛》

第四节　莫言和他的中篇小说《红高粱》

第十章　文化市场对文艺创作的影响

第一节　社会转型期的文学读物

第二节　崔健和他的摇滚乐《一无所有》

第三节　王朔和他的中篇小说《动物凶猛》

第四节　苏童的中篇小说《妻妾成群》及电影《大红灯笼高高挂》

第十一章　文学创作与个人写作立场

第一节　无名状态下的个人写作立场

第二节　朱苏进和他的中篇小说《绝望中诞生》

第三节　王安忆和她的中篇小说《叔叔的故事》

第四节　王家新的诗歌《帕斯捷尔纳克》和于坚的诗歌《事件：棕榈之死》

第十二章　90年代的散文创作

第一节　90年代散文多样化的创作概况

第二节　史铁生和他的散文《我与地坛》

第三节　王小波和他的随笔《思维的乐趣》
第四节　苇岸和他的自然散文《大地上的事情》
第十三章　文学创作中的女性意识
第一节　90年代女性文学的繁荣
第二节　翟永明和她的组诗《女人》
第三节　陈染和她的中篇小说《无处告别》
第四节　林白和她的长篇小说《一个人的战争》
第十四章　文学创作中的民间立场
第一节　坚持民间理想的文学创作
第二节　张承志和他的散文《走进大西北之前》
第三节　韩少功和他的长篇小说《马桥词典》
第四节　张炜和他的长篇小说《九月寓言》
第十五章　媒体时代的文学
第一节　媒体时代对文学的挑战
第二节　书刊策划与媒体批评
第三节　电视传媒与文学写作
第四节　网络文学的兴起
后记

《中国现当代文学名篇十五讲》
北京大学出版社2003年初版　责任编辑：高秀芹
北京大学出版社2013年修订版　责任编辑：艾英

★ 北京大学出版社2003年初版目录

《名家通识讲座书系》总序　本书系编审委员会

第一讲　文本细读的意义和方法

　一　文本细读与文学史教学

　二　细读文本与文学性因素

　三　文本细读的方法

　　（一）直面作品

　　（二）寻找经典

　　（三）寻找缝隙

　　（四）寻找原型

　四　简短的结语

第二讲　知识分子转型与新文学的两种思潮

　一　现代中国知识分子的形成

　二　现代知识分子与新文学运动

　三　周氏兄弟与西方精神源流

第三讲　现代知识分子觉醒期的呐喊：《狂人日记》

　一　鲁迅为什么要写《狂人日记》

　二　吃人意象的演变

　　（一）吃人问题的提出——历史上的吃人传统（题序，第1—3段）

　　（二）吃人问题的深化——现实遭遇的吃人威胁（第4—10段）

　　（三）吃人问题的反思——对人性黑暗的批判（第11—

13段)

三 《狂人日记》的先锋性

第四讲 现代知识分子岗位意识的确立:《知堂文集》

一 为什么要选讲《知堂文集》

二 几篇散文的解读

(一) 第一篇:《胜业》(1921年)

(二) 第二篇:《沉默》(1924年)

(三) 第三篇:《伟大的捕风》(1929年)

(四) 第四篇:《闭户读书论》(1928年)

三 对周作人散文的语言艺术的感受

第五讲 现实战斗精神的绝望与抗争:《电》

一 为什么要讲巴金的《电》?

二 解读《电》的几个问题

(一)《电》的创作背景

(二) 关于安那其的理想

(三) 敏是《电》里的主要英雄

(四) 敏的失败也是安那其的失败

(五) 巴金对恐怖主义者的描写和评价

(六)《电》的抒情性

三 《电》中的知识分子精神立场

第六讲 由启蒙向民间的转向:《边城》

一 理想化的翠翠和理想化的"边城"

二 人性的悲剧

三　由启蒙到民间

第七讲　人性的沉沦与挣扎：《雷雨》

　　一　说不清楚的《雷雨》

　　二　《雷雨》解读中的几个问题

　　　　（一）第九条好汉是"雷雨"——命运观的问题

　　　　（二）周冲这个人物——乌托邦的问题

　　　　（三）周朴园的心里有没有爱——婚姻悲剧的问题

　　　　（四）蘩漪的独特性——恶魔性因素的问题

第八讲　探索世界性因素的典范之作：《十四行集》（上）

　　一　德语文学的春风吹拂下萧萧玉树

　　二　《十四行集》的解读

　　　　（一）第一乐章：庄严的序曲——涅槃中永生（第1—4首）

　　　　（二）第二乐章：诗神降临世俗——速写与警示（第5—7首）

　　　　（三）第三乐章：诗人的精神之旅——启蒙到自救（第8—14首）

第九讲　探索世界性因素的典范之作：《十四行集》（下）

　　　　（一）第四乐章：生命的颂歌——人之旷远与爱情（第15—20首）

　　　　（二）第五乐章：存在之歌——狭窄中的宇宙（第21—23首）

　　　　（三）第六乐章：幽远的尾声——有和无的转化（第24—27首）

第十讲　启蒙视角下的民间悲剧：《生死场》

　　一　民间和启蒙的汇集与冲撞

二　《生死场》的文本解读

　　　　（一）原始的生气和生命的体验

　　　　（二）生的坚强和死的挣扎

　　　　（三）细致的观察和越轨的笔致

第十一讲　民间视角下的启蒙悲剧：《骆驼祥子》

　　一　市民文学的代表

　　二　《骆驼祥子》的文本解读

　　　　（一）堕落的命运——祥子与虎妞

　　　　（二）虎妞的形象

　　　　（三）祥子的结局

第十二讲　浪漫・海派・左翼：《子夜》

　　一　浪漫和颓废：《子夜》中两个主要元素

　　二　《子夜》解读中的两个问题

　　　　（一）现代英雄：吴荪甫的人格魅力

　　　　（二）欲望：中国式的颓废主义

　　三　左翼立场：海派文学的另一个传统

　　四　《子夜》的创作思维模式

第十三讲　都市里的民间世界：《倾城之恋》

　　一　张爱玲与都市民间的关系

　　二　《倾城之恋》的文本解读

　　　　（一）在两种文化背景冲撞中的爱情

　　　　（二）虚无的人感受不到真正的爱情

　　三　人生的飞扬与安稳

第十四讲　怀旧传奇与左翼叙事:《长恨歌》

　　一　《长恨歌》成书前后的怀旧热

　　二　《长恨歌》的结构与叙事

　　三　王安忆的上海叙事与当代都市生活

第十五讲　"文革"书写与恶魔性因素:《坚硬如水》

　　一　文学创作中的恶魔性因素

　　　　（一）苏格拉底:daimon 是异端的神灵

　　　　（二）柏拉图:爱神即 daimon

　　　　（三）埃斯库罗斯笔下的 daimon

　　　　（四）恶魔性因素:古希腊文献中 daimon 的综合定义及其传统

　　二　《坚硬如水》的文本解读

　　　　（一）《坚硬如水》的基本故事结构

　　　　（二）《坚硬如水》的恶魔性因素

　　三　当代文学中的"文革"叙述与恶魔性因素

★ 北京大学出版社 2013 年修订版目录

《名家通识讲座书系》总序　　　　本书系编审委员会

第一讲　文本细读的意义和方法

　　一　文本细读与文学史教学

　　二　细读文本与文学元素

　　三　文本细读的几种方法

　　四　简短的结语

第二讲　中国新文学第一部先锋之作:《狂人日记》
　一　鲁迅为什么要写《狂人日记》?
　二　吃人意象的演变
　三　《狂人日记》的先锋性

第三讲　现代知识分子岗位意识的确立:《知堂文集》
　一　为什么要选讲《知堂文集》?
　二　几篇散文的解读
　三　对周作人散文的语言艺术的感受

第四讲　现实战斗精神的绝望与抗争:《电》
　一　为什么要讲巴金的《电》?
　二　解读《电》的几个问题
　三　《电》中的知识分子精神立场

第五讲　新文学由启蒙向民间转向:《边城》
　一　理想化的翠翠和理想化的"边城"
　二　人性的悲剧
　三　由启蒙到民间

第六讲　人性的沉沦与挣扎:《雷雨》
　一　说不清楚的《雷雨》
　二　《雷雨》解读中的几个问题

第七讲　探索世界性因素的典范之作:《十四行集》
　一　德语文学春风吹拂下的萧萧玉树
　二　《十四行集》的解读

第八讲　启蒙视角下的民间悲剧:《生死场》

一　民间和启蒙的汇集与冲撞

　　二　《生死场》的文本解读

第九讲　民间视角下的启蒙悲剧：《骆驼祥子》

　　一　市民文学的代表

　　二　《骆驼祥子》的文本解读

第十讲　浪漫·海派·左翼：《子夜》

　　一　《子夜》中两个艺术元素：浪漫和颓废

　　二　《子夜》解读中的两个问题

　　三　海派文学的另一个传统：左翼立场

　　四　《子夜》的创作思维模式

第十一讲　都市里的民间世界：《倾城之恋》

　　一　张爱玲与都市民间的关系

　　二　《倾城之恋》的文本解读

　　三　人生的飞扬与安稳

第十二讲　怀旧传奇与左翼叙事：《长恨歌》

　　一　《长恨歌》成书前后的怀旧热

　　二　《长恨歌》的结构与叙事

　　三　王安忆的上海叙事与当代都市生活

第十三讲　"文革"书写与恶魔性因素：《坚硬如水》

　　一　文学创作中的恶魔性因素

　　二　《坚硬如水》的文本解读

　　三　当代文学中的"文革"叙述与恶魔性因素

第十四讲　法自然与重返民间：《秦腔》

  一　法自然的现实主义：细节的展示、时代信息

  二　精神性：疯子引生作为叙事者的意义

  三　艺术手法：细节铺展与直观性的表达

  四　秦腔：文化衰老与重返民间的想象

第十五讲　站在诺贝尔讲坛上的报告：《讲故事的人》

  一　莫言的创作与诺贝尔文学奖

  二　文本解读：在讲故事的背后

修订版后记

（三）巴金研究论著

《巴金论稿》（与李辉合著）

人民文学出版社 1986 年版

责任编辑：林乐齐　夏锦乾

复旦大学出版社 2009 年增订版（改名《巴金研究论稿》）

责任编辑：孙晶

★ 人民文学出版社 1986 年版目录

序（贾植芳）

一个简短的说明

上篇

  第一章　巴金的人道主义思想

    一　丰富的内涵：仁爱、忠实、友谊

二　质的深化：爱——恨——爱

　　三　复杂的历史观：人性论和唯物论

　　四　结语

第二章　巴金的无政府主义思想

　　一　战斗的鼓吹——社会革命论

　　二　理想的憧憬——无政府共产主义

　　三　执着的探索——新的人生观

　　四　结语：应有的历史评价

第三章　巴金与欧美恐怖主义

　　一　"梦中的英雄"——主义的殉道者

　　二　复杂的态度——理智与感情的矛盾

　　三　精彩的恐怖描写——杜大心、敏……

第四章　巴金与法国民主主义

　　一　伟大的老师——卢梭

　　二　"法国大革命的产儿"

　　三　无政府主义与民主主义

第五章　巴金的爱国主义思想

　　一　矛盾观念的和谐统一

　　二　无政府主义、爱国主义的具体化

　　三　贯穿一生的一条红线

下篇

第六章　巴金的文艺思想

　　一　"我走的是另一条路"

二 "我有感情必须发泄"

三 "我在跟书中人物一起生活"

四 "艺术的最高境界是无技巧"

五 结语

第七章 巴金创作风格的演变

一 不自觉的创作期

二 创作感情爆发期

三 风格稳定期

四 结语

第八章 巴金与俄国文学

一 拿来武器——独特的政治、艺术标准

二 积极的影响——作品精神气质的相似

三 托尔斯泰、屠格涅夫——文艺观与风格的异同

四 创作的自主性——立足中国的土壤

第九章 巴金与西欧文学

一 取舍外来影响的基本特征

二 作品之间的中西之别

三 文体与技巧的借鉴

四 结语

第十章 巴金与中国传统文化

一 否定——肯定：对传统文化的态度变化

二 不可割断的联系：传统文化的潜在影响

三 结语

附录　巴金年表

后记

★ **复旦大学出版社2009年版《巴金研究论稿》目录**

自序

第一部分　巴金论稿

　　序（贾植芳）

　　小引　一个简短的说明

　　上篇

　　　　第一章　巴金的人道主义思想

　　　　第二章　巴金的无政府主义思想

　　　　第三章　巴金与欧美恐怖主义

　　　　第四章　巴金与法国民主主义

　　　　第五章　巴金的爱国主义思想

　　下篇

　　　　第六章　巴金的文艺思想

　　　　第七章　巴金创作风格的演变

　　　　第八章　巴金与俄国文学

　　　　第九章　巴金与西欧文学

　　　　第十章　巴金与中国传统文化

　　后记

第二部分　在写作《巴金论稿》(1979—1985)的日子里

　　怎样认识巴金早期的无政府主义思想

大雪覆盖下的火山——论巴金关于工人题材的创作

　　记文化生活出版社

　　贾植芳致陈思和书信(十封)

　　贾植芳致李辉书信(十八封)

　　关于《巴金论稿》写作的通信

　　简要的说明

　　陈思和、李辉往来书信(四十九封)

第三部分　巴金新论

　　《随想录》：巴金晚年思想的一个总结

　　从鲁迅到巴金：新文学精神的接力与传承——试论巴金在现代文学史上的意义

　　理性透视下的人格——读陈思和著《人格的发展——巴金传》

　　望尽天涯路——关于巴金思想与精神的历史叙述

《巴金研究的回顾与瞻望》

天津教育出版社 1991 年初版(入收"学术研究指南"丛书)

责任编辑：许幼珊

香港文汇出版社 2009 年再版(改名《巴金研究十年(1978—1988)》)

责任编辑：黎民

★ *天津教育出版社1991年初版目录*

导言　巴金研究的回顾与瞻望

巴金研究十年

小引 《一封信》激起大漪涟

第一章 资料的积累与整理
    一 两块基石：《巴金专集》和《巴金研究资料》
    二 横向开拓：《巴金研究在国外》及其它翻译
    三 回忆录、采访报道和资料的整理

第二章 整体研究：传记、思想和创作道路
    一 几种巴金评传或传记
    二 巴金前期思想讨论
    三 巴金文艺思想、创作道路综论

第三章 分层研究之一：巴金的小说
    一 表现青年激情的创作系列
    二 抗战后表现家庭的创作系列
    三 巴金小说的综合评论
    四 巴金小说艺术论

第四章 分层研究之二：《激流》
    一 思想主题的讨论
    二 两个人物评价
    三 关于艺术性的探讨

第五章 分层研究之三：巴金的散文
    一 散文风格的总体评价
    二 围绕着《随想录》的讨论

第六章 分层研究之四：巴金和世界文学

一　巴金和俄国文学

　　二　巴金和欧美、日本文学

结语

后记之一

后记之二

附录一　首届巴金学术研讨会论文篇目

附录二　探索燃烧的心灵轨迹——记全国首届巴金学术研讨会（花建）

巴金研究资料目录索引

★ **香港文汇版《巴金研究十年(1978—1988)》目录**

导言　巴金研究的回顾与瞻望

　　一　过去：巴金研究的准备与沉落

　　二　现在：巴金研究工作的实际成绩

　　三　未来：巴金研究工作的前景预测

小引　《一封信》激起大涟漪

第一章　资料的积累与整理

　　一　两块基石：《巴金专集》和《巴金研究资料》

　　二　横向开拓：《巴金研究在国外》及其它翻译

　　三　回忆录、采访报道和资料的整理

第二章　整体研究：传记、思想和创作道路

　　一　几种巴金评传和传记

　　二　巴金前期思想讨论

三　巴金文艺思想、创作道路综论

第三章　分层研究之一：巴金的小说

　　一　表现青年激情的创作系列

　　二　抗战后表现家庭的创作系列

　　三　巴金小说的综合评论

　　四　巴金小说艺术论

第四章　分层研究之二：《激流》

　　一　思想主题的讨论

　　二　两个人物评价

　　三　关于艺术性的探讨

第五章　分层研究之三：巴金的散文

　　一　散文风格的总体评价

　　二　围绕着《随想录》的讨论

第六章　分层研究之四：巴金和世界文学

　　一　巴金和俄国文学

　　二　巴金和欧美、日本文学

结语

附录　巴金研究的几个问题

初版后记

新版后记

《人格的发展——巴金传》

台湾业强出版社1991年初版（入收"中国文化名人传记"丛书）

责任编辑：郑闲　林苇　张碧珠

上海人民出版社 1992 年修订版

责任编辑：张珏

★ 上海人民出版社 1992 年修订版目录

序一　一个人的历史真实(贾植芳)

序二　谦谦君子，博精求新(余思牧)

小引　作者的独白

第一章　再见，又恨又爱的故乡

　　大江东去——李家老屋——出世之前——广元县的三个片断——死神——家族真相——又恨又爱的童年

第二章　理想，将与明天的太阳同升

　　理想的升起——信仰与活动——初出夔门——在南京——第一次北上——为主义而战

第三章　圣母院钟声响起的时候

　　赴巴黎——立誓献身的一瞬间——玛伦河畔——《灭亡》的诞生——回国一年间——西湖的梦

第四章　无边黑暗中的灵魂呼号

　　人格的榜样——激情——跨入文坛——南国的梦——北方的呼号——日本之行

第五章　寻找一个失去的梦

　　文学的新生代——转折点：趋向平稳——萧珊——聚散两依依(一)——在孤岛——聚散两依依(二)——聚散两

依依（三）：结婚——失去的梦

不是结语

附录 《随想录》：巴金后期思想的一个总结

后记

本书参考书目版本

（四）自选集

《还原民间——文学的省思》

台湾东大图书公司 1997 年版（入收"沧海丛刊"）

自序

第一辑

　　我往何处去——新文化传统与当代知识分子的文化认同

　　知识分子转型期的三种价值取向

　　关于人文精神的独白

　　关于"人文精神"讨论的通信——致日本学者坂井洋史

第二辑

　　民间的浮沉——从抗战到"文革"文学史的一段尝试性解释

　　民间的还原——"文革"后文学史某种走向的解释

　　逼近世纪末的小说世界——1990—1994 年大陆小说创作一瞥

　　碎片中的世界和碎片中的历史——1995 年大陆小说创作

一瞥

第三辑

　　苦风苦雨说知堂

　　结束与开端——巴金研究的跨世纪意义

　　关于乌托邦语言的一点随想

　　历史与现实的二元对话

　　余华小说与世纪末意识

　　还原民间——谈张炜的《九月寓言》

　　良知催逼下的声音——关于张炜的两部长篇小说

　　奥斯威辛之后的诗——看《辛特勒的名单》

附录：民间的天地与文学的流变（张新颖）

　　一个当代知识者的文化承担（张新颖）

《黑水斋漫笔》

入收"当代著名批评家随笔"　策划：庄学君

四川人民出版社 1997 年版　责任编辑：周颖

黑水斋说（代序）

第一辑　无月的遥想

　　无月的遥想

　　巴金写完《随想录》以后

　　殊途同致终有别——记贾芝与贾植芳先生

　　上海的教授们（五篇）

朱东润

　　陈子展

　　许　杰

　　施蛰存

　　钱谷融

康乃馨不再飘香——怀念王瑶教授

只知耕耘,不问收获——毕修勺先生印象

永远的浪漫——怀念吴朗西先生

记父亲(二篇)

　　中秋

　　西安

第二辑　探究的诱惑

　困惑中的断想

　方法、激情、材料——与友人谈《中国新文学整体观》

　探究的诱惑

　《笔走龙蛇》序跋

　《马蹄声声碎》自序

　《羊骚与猴骚》自序

　《鸡鸣风雨》点滴

　关于《犬耕集》

　鼠年的随想——《写在子夜》后记

　《豕突集》后记

　人生最惬意的时刻

第三辑　另一片风景

　　另一片风景

　　说梦三章

　　责任

　　关于《金光大道》也说几句

　　奥斯维辛之后的诗

　　关于人文精神的独白

　　致日本学者坂井洋史（一）

　　致日本学者坂井洋史（二）

　　致日本学者坂井洋史（三）

　　上海人、上海文化和上海的知识分子

第四辑　上海的旧居

　　小引

　　一　金华路某号

　　二　闸北高寿里

　　三　广中新村

　　四　凤凰村

　　五　飞龙大厦

　　六　太仓坊

后记

《陈思和自选集》

入收"跨世纪学人文库"　　策划：刘景琳

广西师范大学出版社 1997 年版

责任编辑：肖启明　郑纳新

自序

中国新文学史研究的整体观

关于编写中国 20 世纪文学史的几个问题

中国新文学发展中的两种启蒙传统

中国新文学发展中的现实主义

中国新文学发展中的浪漫主义

中国新文学发展中的忏悔意识

中国新文学对传统文化的态度及其演变

共名与无名

"五四"与当代——对一种学术萎缩现象的断想

论知识分子转型期的三种价值取向

当代文学观念中的战争文化心理

民间的浮沉：从抗战到"文革"文学史的一个解释

民间的还原："文革"后文学史某种走向的解释

当代文学创作中的文化寻根意识

当代文学创作中的生存意识——关于"新写实小说"特征的探讨

民间与现代都市文化——兼论张爱玲现象

但开风气不为师——试论台湾新世代小说

创意与可读性——试论台湾当代科幻小说

主要著述一览表

《新文学传统与当代立场》
入收"第三代学人自选集"丛书第一辑　　主编：王元化
山东教育出版社 1999 年版　　责任编辑：祝丽

回顾脚印（代序）
依稀是前尘事
 关于现代文学研究的一封信
 王国维鲁迅比较论——本世纪初西方现代思潮在中国的影响
 论鲁迅的骂人
 再论鲁迅的骂人
 说一点过去的事情
 关于周作人的传记
 结束与开端：巴金研究的跨世纪意义
 《随想录》：巴金晚年思想的一个总结
 随想以后是再思——巴金《再思录》读后
 90 岁以后的巴金
 留给下一世纪的见证——贾植芳《狱里狱外》读后
 知识分子的民间岗位——陆键东《陈寅恪的最后贰拾年》读后

同时代人的路

　　我往何处去——新文化传统与当代知识分子的文化认同

　　黑色的颓废：读王朔作品札记

　　历史与现实的二元对话——谈莫言的《玫瑰玫瑰香气扑鼻》

　　余华小说与世纪末意识

　　还原民间——谈张炜的《九月寓言》

　　良知催逼下的声音——关于张炜的两部长篇小说

　　致李辉：面对沧桑看云时

　　致尤凤伟：历史的另一种写法

　　碎片中的世界和碎片中的历史

　　林白论

　　人性透视下的东方伦理——读严歌苓的两部长篇小说

　　《马桥词典》：中国当代文学的世界性因素之一例

路漫漫其修远

　　知识分子的新文化传统与当代立场——与王晓明的对话

　　教育与知识分子的人文精神——答张新颖问

　　现代出版与知识分子的人文精神

　　关于火凤凰，我还要说什么——答王文祺问

《中国当代文学关键词十讲》

入收"名家专题精讲"丛书　　策划：贺圣遂　陈麦青
复旦大学出版社 2002 年版　　责任编辑：孙晶

自序

1 当代文学观念中的战争文化心理

2 胡风对现实主义理论建设的贡献

3 我们的抽屉——试论当代文学史(1949—1976)的潜在写作

4 试论无名氏的《无名书》

5 民间的浮沉——从抗战到"文革"文学史的一个解释

6 莫言近年小说的民间叙事

7 试论90年代文学的无名特征及其当代性

8 碎片中的世界和碎片中的历史——1995年小说创作一瞥

9 20世纪中国文学的世界性因素

10 《马桥词典》：中国当代文学的世界性因素之一例

《不可一世论文学》

入收"鸡鸣丛书"　　策划：董健

人民文学出版社2003年版　　责任编辑：李建军

总序(董健)

一次讲演：世纪之交的中国文学(代序)

上编　作家心迹探讨

　　营造精神之塔——论王安忆90年代初的小说创作

　　试论阎连科《坚硬如水》的恶魔性因素

　　试论张炜小说中的恶魔性因素

　　莫言近年小说创作的民间叙述——莫言论之一

论《马桥词典》

林白论

凤凰·鳄鱼·吸血鬼——台湾文学创作中的几个同性恋意象

下编　跨越世纪之门

跨越世纪之门——《逼近世纪末小说选(卷一,1990—1993)》序

变化中的叙事与不变的立场——《逼近世纪末小说选(卷二,1994)》序

碎片中的世界与碎片中的历史——《逼近世纪末小说选(卷三,1995)》序

个人经验下的文学与所谓"冲击波"——《逼近世纪末小说选(卷四,1996)》序

多元格局下的小说文体实验——《逼近世纪末小说选(卷五,1997)》序一

"何谓好小说"的几个标准——《逼近世纪末小说选(卷五,1997)》序二

我们如何面对新世纪的文学——《21世纪中国文学大系(2001)》总序

读作品感言——《21世纪中国文学大系(2002)》总序

后记

《当代小说阅读五种》

入收"三联人文书系" 主编:陈平原

香港三联书店 2009 年版 责任编辑:俞笛

复旦大学出版社 2010 年简体字版 责任编辑:孙晶

★ 香港三联书店 2009 年版目录

总序(陈平原)

自序

试论阎连科的《坚硬如水》中的恶魔性因素

试论张炜的《外省书》与《能不忆蜀葵》中的恶魔性因素

从巴赫金的民间理论看《兄弟》的民间叙事

试论《秦腔》的现实主义艺术

再论《秦腔》:文化传统的衰落与重返民间

"历史—家族"民间叙事模式的创新尝试——试论《生死疲劳》的民间叙事(之一)

人畜混杂、阴阳并存的叙事结构及其意义——试论《生死疲劳》的民间叙事(之二)

附录:作者简介

作者著述年表

★ 复旦大学出版社 2010 年简体字版

自序

试论阎连科的《坚硬如水》中的恶魔性因素

试论张炜的《外省书》与《能不忆蜀葵》中的恶魔性因素

从巴赫金的民间理论看《兄弟》的民间叙事

试论《秦腔》的现实主义艺术

再论《秦腔》：文化传统的衰落与重返民间

"历史—家族"民间叙事模式的创新尝试——试论《生死疲劳》的民间叙事（之一）

人畜混杂、阴阳并存的叙事结构及其意义——试论《生死疲劳》的民间叙事（之二）

作者简介

著述年表

《脚步集》

入收"三十年集"系列丛书　　策划：李辉　贺圣遂

复旦大学出版社 2010 年版　　责任编辑：孙晶

序　三十年治学生活回顾

一九七八　艺术地再现生活的真实——论《伤痕》

一九七九　思考·生活·概念化

一九八〇　怎样认识巴金早期的无政府主义思想

一九八一　中秋

一九八二　母亲的手

一九八三　论巴金的文艺思想

一九八四　关于凡宰特致巴金信

一九八五	中国文学发展中的现代主义
一九八六	中国新文学发展中的忏悔意识
一九八七	当代大学生的审美意识——《夏天的审美触角》编后记
一九八八	当代文学观念中的战争文化心理
一九八九	关于"重写文学史"
	"五四"与当代——对一种学术萎缩现象的断想
一九九〇	狼牙棒是怎样折断的
	唯美主义者的末日
一九九一	重提一桩公案
	关于周作人的传记
一九九二	还原民间:关于《九月寓言》的叙事与意蕴
一九九三	试论知识分子在现代社会转型期的三种价值取向
一九九四	关于人文精神讨论的一封信(外两封)
一九九五	民间和现代都市文化
一九九六	碎片中的世界·碎片中的历史
一九九七	门槛上的断想
一九九八	营造精神之塔——论王安忆90年代初的小说创作
一九九九	我们的抽屉——试论当代文学史(1949—1976)的潜在写作
二〇〇〇	凤凰·鳄鱼·吸血鬼——试论台湾文学创作中的几个同性恋意象
二〇〇一	中外文学关系研究中的"世界性因素"的几点思考

二〇〇二　人文教育的位置在哪里

二〇〇三　大学人事制度改革断想

二〇〇四　城市文化与文学功能

二〇〇五　试论"五四"新文学运动的先锋性

二〇〇六　从鲁迅到巴金：新文学运动在先锋与大众之间——
　　　　　试论巴金在现代文学史上的意义

二〇〇七　《胡风家书》序

二〇〇八　我心中的贾植芳先生

附录　陈思和著述、编辑表

《当代文学与文化批评书系·陈思和卷》

入收"当代文学与文化批判书系"　　策划：马佩林

北京师范大学出版社 2010 年版　　　责任编辑：马佩林

自序

文学创作中的文化寻根意识

文学创作中的现代反抗意识

文学创作中的现代生存意识

关于"新历史小说"

黑色的颓废：读王朔作品札记

民间的还原："文化大革命"后文学史某种走向的解释

碎片中的世界与碎片中的历史

现代都市社会的"欲望"文本：以卫慧和棉棉的创作为例

试论《秦腔》的现实主义艺术

再论《秦腔》：文化传统的衰落与重返民间

余华小说与世纪末意识——致林燿德

从巴赫金的民间理论看余华的《兄弟》的民间叙事

读阎连科小说的札记

试论阎连科《坚硬如水》中的恶魔性因素

声色犬马，皆有境界——莫言小说艺术三题

历史与现实的二元对话——谈莫言的新作《玫瑰玫瑰香气扑鼻》

莫言近年创作的民间叙述

"历史—家族"民间叙事模式的创新尝试——试论《生死疲劳》的民间叙事（之一）

人畜混杂，阴阳并存的叙事结构及其意义——试论《生死疲劳》的民间叙事（之二）

告别橙色的梦——读王安忆的三部早期小说

营造精神之塔——论王安忆90年代初的小说创作

试论王琦瑶的意义

从细节出发——王安忆近年短篇小说艺术初探

读《启蒙时代》

　　［附录］两个69届初中生的即兴对话

试论《古船》

还原民间：谈张炜《九月寓言》

良知催逼下的声音——关于张炜的两部长篇小说

试论张炜小说中的恶魔性因素

读《刺猬歌》

林白论

愿微光照耀她心中的黑暗——读林白的两篇小说

后"革命"时期的精神漫游——读《致一九七五》

　　［附录］"万物花开"闲聊录

人性透视下的东方伦理——读严歌苓的两部长篇小说

最时髦的富有是空空荡荡——严歌苓短篇小说艺术初探

读《第九个寡妇》

我与批评两题

艺术批评·新方法论·学院批评

《思和文存》（三卷）

黄山书社 2013 年版

第一卷　责任编辑：李玲玲　汪盎然

第二卷　责任编辑：李玲玲

第三卷　责任编辑：张月阳

献辞——致三十年

第一卷　传统与当代立场

　　我往何处去（代序）

　　第一辑　精神的传统

　　　　试论知识分子在现代社会转型期的三种价值取向

　　　　周氏兄弟与新文学的两种思潮

现代中国的第一部先锋之作:《狂人日记》

现代知识分子岗位意识的确立:《知堂文集》

苦风苦雨说知堂

鲁迅的骂人

试论巴金的无政府主义思想

试论巴金的文艺思想

现实战斗精神的绝望与抗争:《电》

《随想录》:巴金晚年思想的一个总结

结束与开端:巴金研究的跨世纪意义

从鲁迅到巴金

胡风对现实主义理论建设的贡献

自己的书架·关于胡风及其他

留给下一世纪的见证:贾植芳著《狱里狱外》

我心中的贾植芳先生

第二辑 当代的立场

"五四"与当代

无月的遥想

遥想蔡元培

读程伟礼著《信念的旅程》

读陆键东著《陈寅恪的最后二十年》

门槛上的断想

傅雷的精神遗产

真正的"五四"精神与教育的理想主义

现代出版与知识分子的人文精神

　　　关于人文精神的独白

　　　关于人文精神讨论的三封信

　　　面对沧桑看云时

　　　有人文精神的科学与有科学精神的人文

　附录一　东亚细亚的现代性与 20 世纪的中国

　附录二　传承人文薪火

　附录三　三十年治学生活回顾

第二卷　文学史理论新探

　关于"重写文学史"（代序）

　第一辑　民间文化形态

　　　民间的浮沉：从抗战到"文革"文学史的一个解释

　　　民间的还原："文革"后文学史某种走向的解释

　　　民间形态与现代都市文化

　　　还原民间：读张炜的《九月寓言》

　　　莫言近年小说创作的民间叙事

　　　《秦腔》：文化传统的衰落与重返民间

　　　从巴赫金的民间理论读余华的《兄弟》

　　　试论莫言《生死疲劳》的民间叙事

　第二辑　共名与无名

　　　共名与无名：百年文学管窥

　　　当代文学观念中的战争文化心理

　　　试论 1990 年代文学的无名特征及其当代性

碎片中的世界·碎片中的历史

　　1996年小说创作一瞥

　　多元格局下的小说文体实验

　　营造精神之塔

　　林白论

　　现代都市社会的"欲望"文本

第三辑　潜在写作

　　我们的抽屉

　　试论无名氏的《无名书》

　　自己的书架·《垂柳巷文辑》

　　自己的书架·《诗的隐居》

第四辑　世界性因素

　　20世纪中国文学的世界性因素

　　作为学科的比较文学之精神基础

　　试论"五四"新文学运动的先锋性

　　探索世界性因素的典范之作：《十四行集》

　　余华小说与世纪末意识

　　《马桥词典》：中国当代文学的世界性因素之一例

　　试论阎连科《坚硬如水》中的恶魔性因素

　　试论张炜小说中的恶魔性因素

附录一　无名论坛·主持人的话

附录二　《中国当代文学史教程》前言

附录三　《20世纪文学史理论创新探索丛书》导言

第三卷　人文传承中实践

　　人文教育的位置在哪里（代序）

　　第一辑　精神的家园

　　　　复旦的精神

　　　　人格的榜样——我的导师贾植芳先生

　　　　上海的教授们

　　　　我所尊敬的上海文化老人

　　　　我的老师们

　　　　幸福与尊严：谈谈我对师德的理解

　　第二辑　校园里的实践

　　　　文学教育窥探两题

　　　　既是知识也是审美

　　　　文本细读的意义和方法

　　　　关于当代文学史教学的几点看法

　　　　比较文学与精英化教育

　　　　关于研究生论文写作两题

　　　　大学人事制度改革断想

　　　　为什么要对青少年进行文学教育？

　　第三辑　理想与希望之孕

　　　　自己的书架·现代传记研究

　　　　自己的书架·现代出版与媒介研究

　　　　自己的书架·1900—1949年文学研究

　　　　自己的书架·1949—1976年文学研究

自己的书架·"文革"后文学研究

　　自己的书架·比较文学研究

　　自己的书架·少数民族文学研究

第四辑　讲坛的声音

　　我们的学科：已经不再年轻，其实还很年轻

　　从"少年情怀"到"中年危机"

　　海派文学的两个传统

　　世纪之交的中国文学

　　批判与创作的同构关系

　　土改中的小说与小说中的土改

　　中国当代文学与"文革"记忆

　　陈映真的创作在新文学史上的地位

附录一　反思与前瞻

附录二　大学教育与当代知识分子的岗位

附录三　教育的历史与现状

《从鲁迅到巴金：陈思和人文学术演讲录》

中西书局 2013 年版　　责任编辑：张安庆　赵明怡

序　关于演讲

第一辑　我的探索

　　我往何处去

　　从鲁迅到巴金：鲁迅精神的当代意义及传承

人文教育的位置

真正的"五四"精神与教育的理想主义

批评与创作的同构关系：兼谈新世纪文学的危机与挑战

当代文化趋向与出版对策

第二辑　我的阅读

纪念雨果

巴金《家》解读

曹禺《雷雨》解读

读张爱玲的《倾城之恋》

试论陈映真的创作在新文学史上的地位

现代散文创作中的谈"吃"传统

新世纪以来大陆长篇小说创作状况

当代短篇小说的阅读

（五）选集（他人编选）

《秋里拾叶录》（王光东等辑录）

入收"当代博士生导师思辨集粹书系"第二辑　　策划：丁建元
山东友谊出版社 2005 年版　　责任编辑：庄政

一　知识分子

　1."五四"的反省

　2. 庙堂与广场

3. 知识分子的民间岗位

4. 人文精神的沉思

5. 有科学精神的人文和有人文精神的科学

6. "横着站"

7. 信仰与力量

8. 重进罗马城

二 文学史

1. 中国新文学整体观

2. 周氏兄弟与"五四"新文学的两种精神传统

3. 由启蒙到民间

4. 关于都市通俗小说

5. 海派文学的传统

6. 民间的沉浮

7. 民间的还原

8. 关于文化寻根小说

9. 当代小说的生存意识

10. 无名时代的文学创作

三 关键词

1. 重写文学史

2. 启蒙的文学和文学的启蒙

3. 现实战斗精神

4. 战争文化心理

5. 民间文化形态

6. 民间隐形结构

7. 潜在写作

8. 多层面

9. 世界性因素

四 教育

1. 给知识以生命

2. 教育的历史和现状

3. 大学教育与当代知识分子的岗位

4. 研究生论文是否需要有"原创性"

5. 中学教育与人文理解

6. 复旦的精神

7. 文本细读的意义和方法

8. 原典细读课程的设置

9. 文学与素质教育

10. 关键在于高校系统的评估体制

11. 为"终身教授"制度辩护

12. 教学与科研是对立统一

五 编辑与出版

1. 现代出版与知识分子的人文精神

2. 出版：现代知识分子的民间岗位实践

3. 对现代读物的确认

4. 传媒批评

5. 编辑琐谈：都市文学研究与实践

后记(王光东)

《王梦鸥教授学术讲座演讲集 2006》(张堂锜主编)

(台湾)政治大学中文系编印 2007年版

序(林启屏)

活动照片

陈思和教授简介

中国大陆当代文学史(1949—1976)的潜在写作

巴金《随想录》在中国现代文学史上的意义

新世纪以来大陆长篇小说创作状况

"2006王梦鸥教授学术讲座"场次表

《中国文学中的世界性因素》(宋炳辉编)

入收"当代中国比较文学研究文库"

主编：谢天振　陈思和　宋炳辉　　策划：孙晶

复旦大学出版社2011年版　　责任编辑：余璐瑶　赖英晓

序　作为文学关系研究范畴的"世界性因素"(宋炳辉)

上编：中国新文学史研究的整体观

　　中国新文学史研究的整体观

　　中国新文学发展中的现代主义

　　中国新文学发展中的浪漫主义

　　中国新文学发展中的现实主义

下编：20世纪中国文学的世界性因素
    20世纪中国文学的世界性因素
    试论"五四"新文学运动的先锋性
    探索世界性因素的典范之作：《十四行集》
    《马桥词典》：中国当代文学的世界性因素之一例
    试论阎连科《坚硬如水》的恶魔性因素
    试论张炜小说中的恶魔性因素
    从巴赫金的民间理论看《兄弟》的民间叙事
    自然主义与生存意识——试论新写实小说的创作特点
附录一 对中西文学关系的思考
附录二 比较文学与精英化教育

《文学是一种缘》（徐昭武编）

江苏文艺出版社2013年版（入收"学者随笔"丛书）
责任编辑：王宏波

第一辑 怀念师长
    感天动地夫妻情——记贾植芳先生和任敏师母
    思念一年——《贾植芳纪念集》编后
    我心中的贾植芳先生
    世界杯还没有结束，您怎么就走了？——告别潘旭澜先生
    上海的教授们
    为自由而抗争的灵魂——怀念无名氏先生

第二辑　薪火传承

　　从鲁迅到巴金：新文学精神的接力与传承——试论巴金在现代文学史上的意义

　　《随想录》：巴金晚年思想的一个总结

第三辑　书架一瞥

　　读《胡风家书》

　　读《未完的人生大杂文》

　　读《思想的尊严》

　　读《梅志文集》

　　读《中国文学史新著》

　　读《插图本中国现代通俗文学史》

　　读《陈寅恪的最后二十年》

　　读《秦腔》

　　读《赤脚医生万泉和》

　　读《面包与自由》

　　我的私人阅读

第四辑　黑水斋谈文

　　当代文化趋向与出版对策

　　从细节出发——王安忆近年短篇小说艺术初探

　　最时髦的富有是空空荡荡——严歌苓短篇小说艺术初探

　　关于赵本夫的三篇文章

　　从郁达夫的悲剧说到名家传记中的女人悲剧

第五辑　序言跋语
　　文学是一种缘
　　"薪传"系列序言
　　《陈思和自选集》自序
　　书架故事——《献芹集》代序
　　纪念柯灵先生
　　三十年治学生活回顾——《陈思和三十年集》序
第六辑　真情对话
　　台湾与海外华文文学的研究展望
　　要有一颗敢于抗衡的心——关于入世后中国电影发展的
　　　对谈
　　困境中往往隐藏着生机——陈思和访谈录
编后记（徐昭武）

（六）文学对话录（陈思和主持）

《夏天的审美触角》
入收"二十一世纪人"丛书　　　策划：高晓岩
工人出版社 1987 年版　　责任编辑：高晓岩

丛书总序（高晓岩）
在《杂色》以后——关于王蒙的对话
宽容：王蒙小说创作的自我超越（宋炳辉）

走向《黄泥小屋》——关于张承志的对话

个体超越与人生风貌：论《北方的河》和《棋王》(杨斌华)

夏天的骚动——关于刘索拉的对话

自由：刘索拉的晕眩(王宏图)

理智自觉与生活激情之间的徘徊——关于王兆军的对话

田园的变奏：贾平凹与孙犁的抒情小说(刘旭东)

沸腾的感觉世界之爆炸——关于莫言的对话

红色：辉煌与残酷(陈思和、杨斌华)

美学评价与历史评价的痛苦纠缠——关于梁晓声的对话

我看西部文学(黄辉)

小说·理论·小说研究什么——与吴亮、程德培对话

橄榄：当代长篇小说艺术的新走向(陈思和、郜元宝)

《悬挂的绿苹果》：不动声色的探索(陈思和、杨斌华)

《小鲍庄》·虚构·都市风格——与王安忆对话

市民激情的张扬：《荒山之恋》背后的王安忆(郜元宝)

目的论·内在趋向性·文学——与李洁非对话

文学·批评·总体性(包亚明)

编后记(陈思和)

《理解九十年代》

本书参与者：郜元宝　李振声　张新颖等

人民文学出版社1996年版(入收"猫头鹰书丛")

责任编辑：刘兰芳

序(郜元宝)

第一辑　世纪末中国小说的诸种可能性

　　主持人开场白

　　余华：中国先锋小说究竟能走多远？

　　张炜：民间的天地给当代小说带来了什么？

　　王安忆：轻浮时代会有严肃话题吗？

　　张承志：作为教徒和小说家的内在冲突如何统一？

　　刘震云：当代小说中的讽刺精神到底能坚持多久？

　　朱苏进：欲望的升华与世俗的羁绊之间能否超越？

第二辑　理解九十年代

　　我们如何面对"世纪末"

　　当代知识分子的价值规范

　　知识分子的价值取向和文学的基本状态

附录　民间文化·知识分子·文学史

编后记(陈思和)

《谈话的岁月》

复旦大学出版社 2004 年版　　　责任编辑：孙晶　宋文涛

前言：留下声音

第一辑　八十年代大学生的文学课堂

　　王蒙：在《杂色》以后

　　张承志：走向《黄泥小屋》

刘索拉：夏天的骚动

莫言：沸腾的感觉世界

梁晓声：美学评价和历史评价的痛苦纠缠

《小鲍庄》·虚构·都市风格——与王安忆对话

小说·理论·小说研究什么——与吴亮、程德培对话

目的论·内在趋向性·文学——与李洁非对话

第二辑 九十年代批评家的小说讨论

余华：先锋小说究竟能走多远？

张炜：民间的天地给当代小说带来了什么？

王安忆：轻浮时代会有严肃话题吗？

张承志：作为教徒和小说家的内在冲突如何统一？

刘震云：当代小说中的讽刺精神到底能坚持多久？

朱苏进：欲望的升华与世俗的羁绊之间能否超越？

第三辑 世纪之交知识者的人文思考

我们如何面对"世纪末"

当代知识分子的价值规范

知识分子的新文化传统与当代立场

东亚细亚的现代性与二十世纪的中国

附录

《夏天的审美触角》编后记

《理解九十年代》编后记

（七）文学创作

《鱼焦了斋诗稿初编》（旧体诗集　分线装本、平装本）
漓江出版社 2013 年版　　责任编辑：库文妍　王坤

弁言

第一辑　祝寿诗三首

　　敬祝钱谷融先生九秩大寿

　　敬祝范伯群先生八秩大寿

　　次中行兄原韵庆陈允吉先生七秩大寿

第二辑　敬挽诗三首

　　悼念恩师贾公植芳先生

　　悼念章培恒先生

　　悼念朱维铮先生

第三辑　赠友诗六首

　　学昌黎《左迁至蓝关示侄孙湘》原韵致陈鹏举兄

　　金秋同学聚会两首并序

　　读王新文君《秋溪集》并序

　　读云间许君五十九岁自贺诗，夜梦之，醒来记梦

　　西行赠朱卫国校长

第四辑　送诸生十首

　　送金炅南博士学成回国

韩国中秋日游南山受鲁贞银全家款待赋诗一首

张业松南下广州惜别

与光东晓雷春华聂伟同游绍兴古镇有感

贺朱晓江俞洁大婚

送陈婧裵赴美留学

西北之行送何清

送郜元宝赴澳洲悉尼

答鲍迪感秋诗

  附：秋来自嘲并呈思和师（鲍迪）

答鲍迪咏霜降诗

  附：辛卯霜降有感呈思和师（鲍迪）

第五辑　岭南杂咏八首并序

原韵答胡中行兄

  附：送陈思和教授赴香港讲学

原韵答鹏举兄以文事四牛对原诗艺苑四牛

  附：除夕咏春（陈鹏举）

己丑正月初三五五初度鹏城与友小聚赋得

自述两百字奉友人

读刊偶成

广州电脑失而复得感念而赋

赤柱

读李兰妮精神自传《旷野无人》

第六辑　自题新版编年文集十二首并序

自题《龙尾集》(戊辰)

自题《画蛇集》(己巳)

自题《马蹄集》(庚午)

自题《羊骚集》(辛未)

自题《猴骚集》(壬申)

自题《鸡鸣集》(癸酉)

自题《犬耕集》(甲戌)

自题《豕突集》(乙亥)

自题《听鼠集》(丙子)

自题《牛后集》(丁丑)

自题《谈虎集》(戊寅)

自题《谈兔集》(己卯)

第七辑 自娱集锦十一首

五十初度两首

岁月吟两首

白发吟

自改斋名戏赠鹏举水敖中行诸兄

附:戏酬思和(陈鹏举)

感怀黑水斋,依水敖诗原韵奉答

附:思和兄改斋名,感而赠之,依前韵(褚水敖)

自题鱼焦了斋和鹏举诗原韵

元旦晨起与石生唱答二绝

附:石生原诗两首

漫题

第八辑　西行日记六首

七月三十日,晚,兰州

七月三十一日,八月一日,梨园

八月二日,晨,敦煌

八月二日,上午,莫高窟

八月二日,晚,登鸣沙山

八月四日,嘉峪关

第九辑　四言诗一首

己丑六月朔日,日全食,虽申城有雨,却亲身感受宇宙变幻之奇,特以四言体记之

附录　鱼焦了斋题记

《1966—1970：暗淡岁月》(回忆性散文)
上海书店出版社 2013 年版　　责任编辑：李佳怿

代序：上海的旧居

凤凰村的邻居

做父亲的人

舅舅的婚事

一笔带过的往事

看"批判电影"去

走路的回忆

家务事

《水浒》这部书

靖南中学

季节轮换

向工人阶级学习

一切总在变化中

无聊才读书

惶惑的日子

后记

（八）图传

《巴金对你说》（大型图册），策划、配文，少年儿童出版社1992年。

《巴金图传》，主编、配文，广东教育出版社2002年。

《墨磨人生：柯灵画传》，主编，上海书店出版社2001年。

（九）主编或合编的单行本（主要）

《中外文学名著精神分析辞典——人类精神自画像》，工人出版社1988年。

《文学中的妓女形象》，人民日报出版社1990年。

《青少年巴金读本》，台湾业强出版社1991年。

《巴金域外小说》,上海文艺出版社1992年。

《艺海双桨:名作家与名编辑》,与虞静合编,山东画报出版社1999年。

《二十世纪中国文学精品·现代文学100篇》(两册),与李平合编,学林出版社1999年。

《二十世纪中国文学精品·当代文学100篇》(三册),与李平合编,学林出版社1999年。

《中国当代文学作品选》,与李平合编,学林出版社1999年。

《人文知识读本》,参与者:郜元宝、张新颖、王光东、严锋,海南出版社2001年。

《开端与终结:现代文学史分期论集》,与章培恒合编,复旦大学出版社2002年。

《巴金:新世纪的阐释》,与辜也平合编,福建教育出版社2002年。

《无名时代的文学批评》,与王光东、张新颖合编,广西师范大学出版社2004年。

《中外文学关系史资料汇编:1898—1937》(两册),与贾植芳合编,广西师范大学出版社2004年。

《大学:MBA的神话》,与王晓明合编,浙江教育出版社2004年。

《中国现代文学读本》,与许俊雅合编,台湾二鱼文化有限公司2006年。

《跨文化研究:什么是比较文学?》,与严绍璗合编,北京大学出版社2007年。

《一九四九以后》,与王德威、许子东合编,牛津大学(香港)出版社2010年;上海文艺出版社2011年。

《中学文学读本》(6册),与黄玉峰合编,广西师范大学出版社2011年。

《中国当代文学60年(1949—2009)》(四卷),王光东副主编,上海大学出版社2010年。

《中国现代文论选》,上海教育出版社2010年。

《中国当代文论选》,上海教育出版社2010年。

《贾植芳先生纪念集》,复旦大学出版社2011年。

《建构中国现代文学多元共生体系的新思考》,与王德威合编,复旦大学出版社2012年。

《中国当代文学作品选》(全国高等教育自学考试指定教材),宋炳辉副主编,外语教学与研究出版社2012年。

《中国现代文学作品选》(全国高等教育自学考试指定教材),宋炳辉副主编,外语教学与研究出版社2013年。

(十)主要策划丛书系列

"中国文化名人传记"丛书,与陈信元、陈子善合编,台湾业强出版社1991年开始出版,共三十种。

"火凤凰新批评文丛",与王晓明合编,学林出版社1994年开始出版,共十二种。

"世纪回眸·人物系列",上海文艺出版社1994年开始出版,共十五种。

"火凤凰文库",与李辉合编,上海远东出版社1995—1996年出版,共二十五种。

"逼近世纪末小说选",与张新颖、郜元宝、李振声合编,上海文艺出版社1995—1998年出版,共五卷。

"逼近世纪末批评文丛",山东友谊出版社1997年出版,共七种。

"逼近世纪末人文书系",山东友谊出版社1997年出版,共十种。

"火凤凰青少年文库",海南出版社1998年开始出版,共九十种。

"火凤凰学术遗产丛书",与贺圣遂合编,复旦大学出版社2001年开始出版,已出六种。

"海边书系列",广西师范大学出版社2004—2005年出版,共五种。

"汉语言文学原典精读系列",与汪涌豪合编,复旦大学出版社2005年开始出版,已出十种。

"潜在写作文丛",武汉出版社2006年出版,共十种。

"中国现代文学社团史研究书系",与丁帆合编,第一辑由上海东方出版中心于2006年出版,共七种;第二辑由武汉出版社于2010年出版,共八种。

"都市文学研究书系",广西师范大学出版2006—2008年出版,共四种。

"20世纪文学史理论创新探索丛书",山东教育出版社2010年出版,系国家社科基金项目成果,共五种。

"现代文学研究平台书系",与王德威合编,复旦大学出版社2011年开始出版,已出五种。

(十一)主编文学刊物

《上海文学》,月刊,2003年第7期—2006年第8期。

《诗铎》,与胡中行合编,年刊,2011年出版第1辑,已出三辑。

《史料与阐释》,与王德威合编,年刊,2013年出版第1卷,已出两卷。(2013年出版的第1卷实为2011年卷合刊本。)

《文学》,与王德威合编,半年刊,2013年出版第1卷,已出三卷。

(备注:本附录中书刊已出数目的统计截至2014年10月)

后记

《东吴学术》执行主编林建法先生首倡编撰当代作家与学者年谱,为当代文学研究提供信而有据的史料积累,并嘱我执笔陈思和师的年谱,在我而言,这自是义不容辞。

年谱于2012年8月完成初稿,刊于《东吴学术》次年第1期。又经两遍修订,才以现在的面貌付梓。

这本年谱仅述学术与教育,于行踪、交游等项则无法尽录其事。年谱中之上佳者,往往由传主一人生平遭际而见出时代变动与世风升降,笔者心向往之而力不能至。思和师之学博而又约,且目前依然处于绵延精进之途中。笔者学力贫乏,以管窥天,暂且勾勒其大致脉络与轮廓。因以上体例、编撰、笔力等方面的薄弱,仅以"学术教育简谱"为题(后因遵循丛书整体格式,改题为"学术教育年谱"),留待异日有心人更进一步。

年谱所附《陈思和著述目录》为一圈外友人所作,特此致谢。尤其感谢林建法先生的命题与约稿。

2017年3月

金　理

图书在版编目(CIP)数据

陈思和学术教育年谱/金理著.—上海:华东师范大学出版社,2017
(当代著名作家及学者年谱系列)
ISBN 978-7-5675-6457-2

Ⅰ.①陈… Ⅱ.①金… Ⅲ.①陈思和-文学研究-年谱 Ⅳ.①I206.7

中国版本图书馆 CIP 数据核字(2017)第 101150 号

本书系上海文化发展基金会图书出版专项基金资助项目

当代著名作家及学者年谱系列
陈思和学术教育年谱

主　　编	林建法	出版发行	华东师范大学出版社
著　　者	金　理	社　　址	上海市中山北路 3663 号
策划编辑	王　焰	邮　　编	200062
项目编辑	朱华华　唐　铭	网　　址	www.ecnupress.com.cn
审读编辑	陈泽娅	电　　话	021-60821666
责任校对	王丽平	行政传真	021-62572105
装帧设计	卢晓红	客服电话	021-62865537
		门市(邮购)电话	021-62869887
印刷者	常熟市文化印刷有限公司	地　　址	上海市中山北路 3663 号华东师范大学校内先锋路口
开　　本	787×1092　32 开	网　　店	http://hdsdcbs.tmall.com
印　　张	8.5		
插　　页	6		
字　　数	130 千字		
版　　次	2017 年 10 月第 1 版		
印　　次	2017 年 10 月第 1 次		
书　　号	ISBN 978-7-5675-6457-2/K·484		
定　　价	39.80 元		

出版人 | 王　焰

(如发现本版图书有印订质量问题,请寄回本社客服中心调换或电话 021-62865537 联系)